「先生……あんたの匂いが俺を駆りたてるんだよ」
欲望に濡れたかすれ声で囁かれ、耳朶にくっと歯を立てられた瞬間、自分が本当に神宮寺の獲物になったような気がして、侑希は小さく震えた。
（本文より）

カバー絵・口絵・本文イラスト■如月《きさらぎ》弘鷹《ひろたか》

BBN
B●BOY NOVELS

発情

岩本 薫

この物語はフィクションであり、実在の人物・団体・事件等とは、いっさい関係ありません。

CONTENTS

発情 7
あとがき 270

発情

1

「立花《たちばな》先生」

癖のあるしゃがれ声で名前を呼ばれた時、なんとなく嫌な予感がしたのだ。

授業計画をぽつぽつと打ち込んでいたノートパソコンから視線を転じると、いつの間にかすぐ近くに立っていた近藤《こんどう》に、角張った顎《あご》をしゃくるようにして訊《き》かれる。

「ちょっと今いいかな?」

「あ、はい。大丈夫です」

あわててパソコンの電源をオフにした立花侑希《ゆうき》は、事務椅子《いす》を引いて立ち上がった。どんなに嫌な予感がしたからといって、下っ端の教師が学年主任の呼び出しを拒否するわけにはいかない。

「きみ、今日の授業は?」

「三時限からです」

「じゃあ、まだ一時間はあるね」

腕時計で時間を確認した近藤が、ぽっこりと突き出た腹を揺すって歩き出す。その巨軀《きょく》のあとを追うようにして侑希も職員室から出た。グレーの背広の背中を五十センチ前方に捉《とら》えつつ、廊下を歩きながら、眼鏡の奥の目を不安そうに瞬《しばたた》かせる。

主任自らなんの話だろう。わざわざ場所を変えるということは、他の教師に聞かれたくない話ということか？

また何か無理難題を押しつけられるのだろうか。

先月も、産休に入った女性教諭の代わりに、手芸クラブの顧問を押しつけられたばかりだ。すでに鉄道同好会の顧問を引き受けている上に、もちろん手芸など一度もやったことがないにもかかわらず、主任の「立花くん、頼むね」の一言で決まってしまった。

口では相談と言うけれど、端《はな》から断る選択肢など用意されていない。それでもまだ、文化系のクラブなのは配慮のうちなのか。

今回もどのみち明るい話題ではないことは、前を歩く男が発する気配でわかる。

侑希は内心の嘆息を押し殺して、廊下の窓から外を見やった。

先日の雪の名残《なごり》がまだうっすらと残る、薄曇りのグラウンドで、男子生徒たちがサッカーをしていた。たなびく白い息と短パン姿が見るからに寒々しい。

冬場の体育の授業を見るたびに、自分がもう学生でないことを感謝する。けれど、大人になってよかったと思うことはそれくらいだ。

ここ——本郷《ほんごう》にある『明光学園《めいこうがくえん》』は、今年の四月で創立六十周年を迎える、区内でも一番の歴史を誇る私立高校だ。

文武両道を謳《うた》うだけあって、有名大学への進学率も高く、特にスポーツはインターハイなどで活躍する生徒が多数在籍している。

厳密には進学クラスとスポーツクラスのふたつに別れているのだが、そういったスポーツ特待生枠を作って、ブランドイメージを高める戦略を取っている学校は少なくない。言うなれば、彼らは学園の生きる広告塔。少子化が国会で問題視される昨今、教育機関といえども生き残りをかけて必死なのだ。

大学の数学科を卒業した侑希が、この明光学園の数学教師となってじきに四年が経つ。昨年の春からは高等部の一年を教えて、副担任として一―Aクラスを受け持っていた。

廊下の向こうからやってきた黒い詰め襟《えり》の男子生徒が、すれ違い様、近藤にぺこりと頭を下げる。しかし侑希のことはちらっと横目で見ただけで、なんのアクションも起こさずに傍らを通り過ぎていく。

「…………」

いつものことなので、侑希も動じないし、近藤も何も言わなかった。

自分が生徒たちの尊敬や畏怖《いふ》の対象でないことはわかっている。

それどころか、彼らに密《ひそ》かに馬鹿にされていることも……。

吊《つる》しのスーツに銀縁眼鏡が定番の、我ながら冴《さ》えないルックス。運動音痴《おんち》でアウトドアな生活とは無縁なので肌は年中なまっちろく、胃弱なために体も薄っぺらく――ひょろひょろと手足が長いことだけが特徴といえば特徴かもしれない。

顔が小さく、造作《ぞうさく》も小作りなせいで迫力に欠け、教師としての威厳など欠片《かけら》もない自覚はあった。せめて身長があればと思うが、これも悲しいかな人並み以下。

だが、たぶん問題は見かけではないのだ。性質というか、人としての本質の部分が教育者に向いていない。誰かを教育して導いていくような包容力や指導力が自分にはないのだ。そもそもが、大勢の人間をまとめて引率できるような器《うつわ》じゃない。

案《あん》の定《じょう》、気が弱いところを生徒に見透かされて舐《な》められ、同僚の教師からも「融通のきかない数学オタク」と軽んじられている。

実際、人付き合いが苦手で気のきいた会話ひとつできず、酒も煙草《たばこ》もやらないのだから、同僚たちに「四角四面でおもしろみのないやつ」と陰口を叩《たた》かれるのも仕方がないだろうとも思う。なんだかんだと理由をつけて断っているうちに、近頃は放課後の誘いもぱったりとかからなくなっていた。それはそれで、苦手な酒席から逃れられて、ほっとしてはいるけれど……。

そこまでぼんやりと考えていた時、先を行く近藤が足を止めた。

二階の廊下の突き当たり、『主任室』とプレートの貼られたドアの鍵を開ける。次期教頭候補との呼び名も高いやり手の学年主任は、職員室のデスクとは別に自分の個室を持っているのだ。

ドアを開けて、八畳ほどの部屋に足を踏み入れた近藤が、入ってすぐ右手の小さな応接セットに腰を下ろした。対面のソファを侑希に勧めてくる。

「座りたまえ」

「失礼します」

向かい合うように腰を下ろした侑希が、閉じた膝《ひざ》に手を置いて待ちかまえていると、さほど間を置かずに近藤が口火を切った。

「実はね、話というのは、きみのクラスの神宮寺《じんぐうじ》峻王《たかお》についてなんだ」

その名前が出た瞬間、心臓がどくんと早鐘を打つ。

神宮寺の件だったのか――。

とっさに脳裏に野性味を帯びた美貌《びぼう》が浮かぶ。周囲の者すべてを高みから睥睨《へいげい》し、威圧するような不遜《ふそん》な眼差《まなざ》し。かつて一度だけ、自分をまるで虫けらでも見るような目つきで見た漆黒の双眸《そうぼう》が蘇《よみがえ》る。

よりによって一番嫌なところを突かれた気分で、侑希はそっと奥歯を噛《か》み締めた。

「彼はもう、かれこれ一ヶ月近く学校に来ていないんじゃないかな」

「そう……ですね。不登校が始まったのが十二月の上旬ですので、冬休みを挟んで、そろそろそのくらいになるかと思います」

内心の動揺を堪《こら》えつつ、うなずく。

「それまではまぁ、真面目とは言わないまでも、そこそこは登校はしていたんだよね」

「はい。気が向いた時にふらっと……もっとも朝から来ることは稀《まれ》でしたが」

そんないい加減な態度でも学校側がさほど問題視せず、今まで放任していたのは、彼がこの明光学園でも希有《けう》な生徒だったからだ。

「なんと言っても、彼はただの生徒じゃないからね。うちの入学試験で首席だった上に、あの運動神経だ」

近藤が上着の胸許から煙草のパッケージを取り出し、引き抜いた一本をローテーブルにトントンと打ちつける。

そう——そこがこの神宮寺峻王という生徒の厄介《やっかい》なところなのだ。

彼が入学してきた時の教師たちの浮き立ちようを、今でもはっきりと覚えている。やれ、「学園始まって以来の逸材」だの『文武両道』という言葉はまさに彼のためにある」だの、当時は寄ると触ると彼の話題でもちきりだった。また神宮寺が人気俳優もかくやといったルックスの持ち主だったので、女生徒たちの興奮も大変なものだった。全校女子に混ざり、女性教諭までもが色めき立っていたものだ。

が、一ヶ月もすると、教師たちはこの「学園始まって以来の逸材」を持て余すようになった。

ＩＱが高い子供にありがちな天才肌とでも言うのか、とにかく彼は気まぐれで唯我独尊だった。学校というシステムや周囲の人間と歩調を合わせる気持ちは微塵《みじん》もなく、ひたすらマイペース。いっそ孤高なほどに自己流を貫く。

たまに登校してきても滅多に授業には顔を出さず、たとえ出ても授業中はほとんど寝ている。教師の小言は馬耳東風とばかりに右から左へ受け流し、それでいて試験ではトップを取るのだから、なんとも扱いづらい生徒だ。

ただ体育だけは好きらしく、学校に来ていれば授業に出る。

この体育の授業で、彼は毎回脅威の身体能力を見せつけて周囲を驚かせているようだった。

特に短距離のタイムは、高校生のレベルを軽く凌駕《りょうが》して、このまま上手《うま》く育てば、世界に通用する選手になる可能性を秘めている——らしい。

もちろん、学園上層部は、いずれかの運動部に所属して専任のコーチの指導を受けるように強く勧めたが、「興味ない」の一言であっさりと一蹴《いっしゅう》されたそうだ。だが、上層部としては、そんな逸材をそうそう簡単に諦《あきら》めるわけにはいかない。

未知数の可能性を秘めた『広告塔』の誕生という悲願を達成すべく、協調性ゼロで尊大な数々の振る舞いには目を瞑《つむ》りつつ、彼の気が変わるのを根気強く待ち続けているというわけだ。

しかし、さすがに試験期間も含めて一ヶ月近く学校に来ないとなると、見て見ぬ振りはできないということらしい。庇《かば》うにしても限度があるし、他の生徒の手前、あからさまに履修単位が足りなくなるのはまずいということなのだろう。

「神宮寺迅人《はやと》のほうは真面目に登校しているようだが」

煙草をくわえた近藤が卓上ライターでカチッと火を点《つ》けた。

「ええ。そう聞いております」

神宮寺には二年にひとつ違いの兄がいる。同じ血を分けた兄弟でも、この兄のほうにはちゃんと社会性があった。弟同様見目麗しく、学業も優秀、スポーツも万能だが、それを鼻にかけることなく、協調性も身につけているので生徒の間でも人気が高い。

彼を受け持ったことはないが、侑希もこの少年には好感を抱いていた。廊下ですれ違った時、きちんと挨拶《あいさつ》をしてくれる数少ない生徒のひとりだったからだ。

「神宮寺峻王の不登校の理由について、きみ、何か心あたりはあるかね」

近藤の問いかけに、侑希は首を左右に振った。

「本人と話をしたことがありませんので」

それは本当だった。数学には特に興味がないらしく、授業で顔を合わせたことだって数える程度だ。しかも、その授業の間中、神宮寺は椅子の背にもたれかかり、腕組みの体勢で目を閉じていた。

そもそも、あの唯我独尊の暴君が、自分などを相手にするわけがない。下手《へた》をしたら個体認識すらされていないに違いない。

そして彼が個体認識していないのは、おそらく自分だけではないだろう。彼が級友たちと談笑しているのを見たことがないし、男女を問わず、誰かと一緒にいるところを見たこともない。彼はいつも、どんな時も常にひとりだった。孤高を貫く彼の『近寄るな』オーラに気圧《けお》されてか、女子たちもほとんどが遠巻きに眺めているだけのようだ。中には勇猛果敢にアタックした強者《つわもの》もいるらしいが、二年の『ミス明光』でさえ、けんもほろろに断られたらしい。

クラスメイトはおろか、自分たち教師、理事長すら眼中にはないのではないか。——そう思わせるほどに、生意気盛りの生徒たちの中でも群を抜いて、少年の態度は傲岸《ごうがん》かつ不遜だった。

まるで、この世に怖いものなど何もないように……。

「話をしたこともない？　きみは彼の副担任だろう」

憮然《ぶぜん》とした近藤を前にして侑希は頭を下げる。

「面目次第もありません」

顔を伏せたままつぶやくと、つむじのあたりにふーっと煙草の煙を吹きかけられた。苦手な煙が伏せた顔のあたりまで漂ってきて、こっそり眉をしかめる。

「まぁ、いい。立花くん、きみ、今日の放課後に神宮寺の自宅へ行って、登校するように彼を説得してくれたまえ」

「えっ？」

突然の無情な指示に侑希は顔を跳ね上げた。嫌な予感が——しかも最悪の形で的中したことを知ると同時に、首筋がひやっと冷たくなる。

「わ、私がですか？」

「担任の林《はやし》先生は女性だし、家まで行かせるわけにはいかんだろう」

「…………」

「きみも知ってのとおり、あの家は特殊だからな」

そうなのだ。その傲岸不遜な態度はもとより、神宮寺峻王をクラスメイトたちが遠巻きにする一番の理由。

それは、神宮寺の生家の稼業がやくざであるということだった。

たしか名称を『大神組《おおがみぐみ》』といって、上野《うえの》から浅草《あさくさ》一帯を縄張りに持ち、江戸の末期から続く老舗《しにせ》（こういった表現が適切なのかは謎だが）の任侠《にんきょう》組織だという話だった。父親が何代目かの組長で、母親は兄弟が幼い頃に亡くなっている。

そういった環境故《ゆえ》か、峻王自身、かつては相当に悪かったらしく、中学の入学式当日に絡んできた三年の不良グループをたったひとりで伸《の》したとか、チンピラを血まみれにしたとか——まことしやかな武勇伝は、侑希の耳にまで届くほどだった。もっともすべて過去の伝説であり、高校に入ってから実際にその手の荒っぽい騒ぎを起こしたという話は聞かない。

兄の迅人は同じ境遇でも、クラスに自然に溶け込んでいるので、弟が周囲から浮いているのはやくざの息子というファクターだけが要因ではないのかもしれないが。

「その点、きみは男だし、まだ若いしね」

まるで「だから多少どうにかなっても構わない」とでも言いたげに、近藤が短くなった吸い差しをクリスタルの灰皿にぎゅっと押しつけた。

女性教師をやくざの家に行かせて、万が一にでも何か問題が起こってはまずいという懸念はわかる。たまたま担任だったというだけで、そんな役割を三十そこその妙齢の女性に押しつけるのは酷だとも思う。思うが、その代役を自分が担うとなると話は別だ。

大体なぜ自分なのだ。体力自慢の体育教師とか、説得に長《た》けたベテラン教師とか、他にいくらでも適任がいるだろう。そう詰め寄りたい心情をぐっと堪え、おずおずと口を開く。

「で、でも……私なんかに、そんな大役が務まるでしょうか。ちょっと自信が……」

暗に自分には荷が勝ちすぎると訴えてみたが、近藤は取りつく島もなかった。

「務まるも何もやるしかないんだよ。副担任のきみがやるしか」

ソファの背にふんぞりかえった近藤の目が、断ったらどうなるかわかっているだろうねと、無言のプレッシャーをかけてくる。背中にじわっと嫌な汗が滲《にじ》み出た。

「相手はあの神宮寺だ。生半可《なまはんか》じゃ太刀打ちできない。首に縄をかけて引きずり出してくるぐらいの気合いで臨《のぞ》みなさい。簡単に諦めずに、彼が登校するまで日参することだ」

「…………」

返事をしない侑希に苛立《いらだ》ったように近藤が身を乗り出してくる。

「立花くん――いいね？」

抗いを許さない口振りで念を押され、侑希は消え入りそうな声で「……はい」と応じた。

どんなに嫌でも次期教頭候補と目される学年主任の命令を断ることなどできない。

侑希にできるのは、面倒を下っ端に押しつけて清々《せいせい》したといった様子の彼が新しい煙草に火を点けるのを、恨みがましい目つきでじっと見つめることくらいだった。


世の中というのは、立ち回りの下手な人間が貧乏くじを引くようにできている。

薄曇りの寒空の下、コートの襟《えり》を立てて歩道をとぼとぼと歩く侑希の足取りは重かった。

教職について四年、今まで何度も挫折《ざせつ》を味わったが、今日ほど真剣に教師を辞めたいと思ったことはなかった。

四年前、本当ならば大学院に進んで、そのまま数学者としての道を歩みたかった。希望に反して教職を選んだのは、大学四年の年に両親が相次いで他界したために、自分で生計を立てていかなければならなくなったからだ。

教壇に立ち始めてすぐに自分には教育者としての適性がなかったと覚《さと》り、この道を選んだことを後悔したが、かといって他の仕事に転職できるようなスキルも才覚もなかった。

大学の同期には、流行《はや》りのＩＴ企業でプログラムを開発している者もいる。また、金融や証券業界の最前線でバリバリやっている同期もいるが、小心な自分に生き馬の目を抜くような現場で、億単位の他人の金を動かすような仕事ができるとは思えなかった。ストレスで早々に体を壊すのがオチだ。

（だからといって、教師にも向いていない）

大学時代の恩師には「きみは面倒見のいいところがあるから、案外、教師は向いているかもしれないよ」と慰められたけれど。

八方ふさがりな気分で、侑希はアスファルトに「はぁ……」と嘆息を落とした。

不器用で、気が小さくて、臆病で……。

そんな自分がこれから立ち向かわなければならない使命を思うと、それだけで胃がきゅっと縮こまる気がする。

テレビや小説では、不登校の生徒と教師の心の交流を描いた感動物語がよくあるけれど、自分には無理だ。不登校の生徒を説得して学校へ来るようにし向けるなんて……そんな器じゃない。

しかも、よりによって、あの神宮寺峻王を――。

正確に言えば、言葉こそ交わしたことはないが、かつて一度だけ神宮寺と接触したことがある。

半年ほど前――初夏の頃だった。体育館の裏を歩いていた侑希は、スポーツクラスの男子生徒三人が授業をさぼって煙草を吸っている現場へ出くわしてしまった。間が悪い自分を呪ったが、教師の立場上見て見ぬ振りはできない。

喫煙を注意した侑希に、彼らは反省するどころか、見逃せと要求してきた。

『目ぇつぶってよ、先生』

『チクられたら、俺ら停学になっちゃうよ。頼むよ、先生』

『そ、そんなわけにはいかない』

『見逃してくれたら、俺たちも先生に痛いことしないからさ』

自分より明らかにガタイのいい男子三人にぐるりと囲まれて青ざめていた時、ガラッと音がして、体育館の鉄のドアが開いた。中から突如ぬっと現れた百八十センチ超の学生服姿の男に、その場の全員がぎょっと固まる。彼の人並み以上に整った貌《かお》には『不機嫌』と大書してあった。

『……神宮寺』

三人のうちのひとりが、ヤバイといった表情で彼の名前をつぶやく。と、侑希と生徒をまとめてぎろっと睨《にら》んだ彼が、低い唸《うな》り声を落とした。

『……うるせえ』

どうやら昼寝の邪魔をしてしまったらしい。その剣呑《けんのん》なオーラに気圧されたみたいに男子生徒たちはすごすごと退散していった。

『あ………』

学園一の問題児とふたりきりで取り残された気まずさに、みっともないところを見られた狼狽《ろうばい》も手伝って、侑希はつい言わなくてもいいことを口にしてしまった。

『き、きみも……授業にはちゃんと出なさい』

『…………』

直後、神宮寺が形のいい眉をそびやかした。冷ややかな眼差しにびくっと肩が竦《すく》む。おそらく、まともに喫煙も注意できない教師が何を偉そうに説教しているんだと思ったんだろう。

結局彼は無言のままくるっと踵《きびす》を返し、その場に侑希を残して立ち去っていった。最後まで一度も振り返ることなく――。

「……神宮寺峻王、か」

以来、彼は侑希にとって苦手意識の対象になった。

二十六歳の自分より数倍肝が据わっていて、体も大きく、おそらくは知能指数も高い早熟な十六歳。厭世《えんせい》的で、何事にも、誰にも興味を示さない、クールな眼差し。

すでに授業から学ぶことなどないと悟って、だから学校に来なくなったのかもしれない。実のところ侑希自身、神宮寺にいまさら高校レベルの教育が必要なのかどうかは首を捻《ひね》る部分もある。

そんなふらついた考えの自分が、のこのこと家まで押しかけていっても、あの問題児を説得できるとは到底思えなかった。

とても高一には見えない大人びた風貌に浮かぶであろう、虫けらでも見るような、あの侮蔑《ぶべつ》の表情を思い出しただけで、ずしっと気が重くなる。

できることなら極力かかわり合いにはなりたくなかった。

神宮寺ほどではないにせよ、傲慢《ごうまん》で唯我独尊なタイプの男というのは、過去にも何人か知り合いにいた。その誰とも侑希は相性が最悪で、いいように顎で使われて利用されたという嫌な思い出しかない。以来、そういうタイプに出会ったら即回れ右をして全速力で逃げてきた。自分でも、強引な人間につけ込まれ、ずるずると押し切られるところが弱点のひとつだとわかっているから、なるべく近づきたくないのだ。

だが、今回ばかりはどんなに嫌でも逃げるわけにはいかない。

相手は自分の生徒だし、明日には主任に経過を報告しなければならないのだから。

とにかく、今日のところは自宅に顔を出して、本人と話ができるようなら、なぜ学校に来ないのか、理由だけでも訊いてみよう。答えがもらえるかどうかは疑問だが。

もし本人に会えなかったら家族に話を聞いて——と思ったところで、その親がやくざの組長であることを思い出し、さらにずんっと気持ちが沈み込む。

(やくざか……)

可能な限り、そういった危険な人種と遭遇するような場所には近づかないようにして生きてきたから、本物と面と向かって話をするのは初めてだ。

こんなことでもなかったら、一生言葉を交わすことなどなかっただろうに。そう思うと、神宮寺の副担任になってしまった自分の巡り合わせの悪さを呪いたくなる。

でも、いくらやくざだって、息子の通う学校の教師にいきなり暴力を振るうような真似はしないはずだ。真っ当なやくざは堅気《かたぎ》には手を出さないと言うし……。

思考をむりやり楽観的なベクトルに傾けつつ、信号待ちの間にコートのポケットからプリントアウトを取り出した。先程、学校から出る前にインターネットで検索し、出力してきた地図だ。

神宮寺の家は、本郷の東京大学の敷地から程近い、根津《ねづ》神社の側《そば》にあるらしい。

信号が青に変わったので、地図を片手に横断歩道を渡る。重い足を引きずるようにして、夕闇に沈み始めた街並みを十分ほどうろうろと彷徨《さまよ》った末に、なんとか目的地に辿《たど》り着いた。

ほどよく苔《こけ》むした瓦葺《かわらぶ》きの立派な門構えの前に立ち、厚めの木の板に深い墨で書かれた『神宮寺』の表札を確かめて、ひとりごちる。

「ここ……か」

その家は、想像していたものよりはるかに大きく、「家」と言うよりは「屋敷」と言ったほうがしっくりとくるような日本家屋だった。ぐるりと周囲を囲んだ塀の上からは竹林が覗《のぞ》き、さらにその上から松や楠などの高木がそそり立つ。石造りの塀をざっと目で追うだけで、相当な敷地面積であることが窺《うかが》えた。

(すごい……)

圧倒される心持ちでしばらく表門の前に立ち尽くしたあとで、ふと、やくざって儲《もう》かるんだなと下世話な感想を抱いてしまい、侑希はあわてて頭をふるっと振った。

感心している場合じゃない。——いよいよ、ご対面だ。

すーはーと深呼吸してから、えいっと気合いを入れて、表札の下にある呼び鈴に手を伸ばす。

それでもまだ踏ん切り悪く何秒か躊躇《ためら》い、ようやっと勇気を振り絞って呼び鈴を鳴らした。手のひらをぎゅっと握り締めて応答を待つ。一月だというのに、背中にうっすら汗を掻《か》いていた。

『——どちら様ですか?』

しばらくして、インターフォンから年輩の女性の声が尋ねてくる。

「あ、あの、私、立花と申しまして、峻王くんのクラスの副担任をしております」

『峻王さんの……学校の先生ですか？』

「突然で申しわけありません。峻王くんはご在宅でしょうか」

『……少々お待ちください』

インターフォンがぶつっと途切れ、待たされること五分ほどで、ひとりの男がこちらに向かって近づいてくるのが表門の格子の隙間《すきま》から見えた。

表門のすぐ側まで来て足を止めた男が、閂《かんぬき》を外して両開きの門扉《もんぴ》を開く。

「立花先生ですか？」

はるか頭上から、鋭利な眼差しでまっすぐ見下ろされた侑希は、居心地の悪さを覚えながらも小さな声で「はい」と答えた。

シルバーフレームの眼鏡をかけた、端正な面立ちの長身の男だ。チャコールグレーの三つ揃《ぞろ》いのスーツを隙なくびしっと着こなしており、レンズの奥の切れ長の目が怜悧《れいり》で鋭い。年の頃は三十代の半ばくらいだろうか。やくざの家だから、てっきり強面《こわもて》の「いかにも」なタイプが現れるものとばかり思っていたので面食らった。

「あの……峻王くんは……今日は？」

「おります。ご案内しますので中へお入りください」

男に促《うなが》され、怖々と門をくぐり抜けて敷地の中に足を踏み入れる。先を行く男の広い背中を見つめ、ここまで来たらもう引き返せないと腹をくくった。そう思うと、少しだけ気持ちが落ち着く。

それにしても広い。前庭だけでもかなりの面積だ。

形の揃った黒砂利の中に点々と配された、子供ほどの大きさの石の灯籠《とうろう》。美しく形を整えられた常緑樹。一瞬、ここが東京であることを忘れてしまいそうな、風雅な庭園に目を奪われていると、玄関への石畳のアプローチを歩き出した男がふと振り返った。

「自己紹介が遅れましたが、私は都築《つづき》と申しまして、神宮寺の身内の者です」

いきなりそう切り出されて、ちょっと驚きつつも聞き返す。

「身内、というとご親戚か何か」

「いえ、血縁ではありませんが、神宮寺家とは家族同然のつきあいをしております」

家族同然の身内――ということは、やっぱりこの男もやくざ!?

切れ者然とした佇《たたず》まいは、やくざと言うよりは、政治家の秘書と言われたほうがしっくりくる気がした。そのやくざらしからぬやくざが、玄関への道すがら尋ねてくる。

「先生、今日はどういったご用件で家庭訪問を？」

「はい……実は先月の頭から峻王くんの不登校が続いていまして」

「ああ、なるほど。その件でいらしたんですね」

都築が納得したようにうなずいた。

「あの、峻王くんのお父様は今日はご在宅ですか？」

「生憎《あいにく》、本日は留守にしております」

父親は留守なのか。

急なことで、アポイントも取らずに訪ねたのだから、それも仕方がない。

内心で組長に会わずに済んだことにほっと胸を撫で下ろした刹那《せつな》、都築が辿り着いた玄関の引き戸を開けた。吹き抜けの空間が目の前に広がる。沓《くつ》脱《ぬ》ぎ石《いし》が置かれた石造りの三和土《たたき》だけで軽く十畳はある。旅館の玄関みたいだ。

「どうぞお上がりください」

「失礼します」

（いよいよ、やくざの本丸か……）

緊張の面持ちで侑希は革靴を脱ぎ、室内に足を上げた。用意されていたスリッパを履いて、ぐるりと周囲を見回す。

黒光りする梁《はり》や柱に風格がある。おそらく相当に歴史のある建物なのだと思われるが、全体的に掃除が行き届いており、床なども丁寧に磨かれているので古い感じはしなかった。

日本家屋が持つ重厚な雰囲気と圧倒的な広さに呑《の》まれて立ち尽くしていると、都築が「こちらです」と歩き出す。

先に立つ男のあとについて侑希も廊下を歩き始めた。磨き抜かれた床を踏みしめ、入り組んだ廊下の角を何度か曲がる。と、左手の襖《ふすま》が不意にからっと開き、中から男がひとり出てきた。

「――お客さんか？」

都築と変わらぬ長身の男が、侑希を見てわずかに眉をひそめる。

「こちら、峻王さんの先生だそうだ。立花先生、岩切《いわきり》です。やはり私同様、神宮寺の身内になります」

また『身内』か。こちらはなるほど、見るからに堅気とは一線を画した独特なオーラを纏《まと》う偉丈夫だった。苦み走った渋めの二枚目。がっしりと肩幅のある厚めの体躯《たいく》を黒いスーツに包み込んでいる。年齢はやはり都築と同じくらいに見えた。

「高校の先生?」

「峻王くんの……副担任をしております。立花です」

都築の時には感じなかった武闘派の匂いと重圧感に怯《ひる》みながら、侑希は上擦《うわず》った声で名乗る。

「先生は峻王さんが長く学校を休んでいるので、心配されて訪ねていらしたんだ」

都築の説明に岩切が「そうか」と軽くうなずいた。都築とちらっと目配せを交わしたような気がした一瞬後、改まって侑希に向き直り、軽く頭を下げる。

「迅人と峻王がいつもお世話になっております」

「あ、い、いいえ……お世話なんて、そんなっ」

やくざに頭を下げられたことに動揺していると、都築が岩切に訊いた。

「出かけるのか?」

「ああ、これから月也《つきや》さんと落ち合って日本橋《にほんばし》だ」

腹に響くような低音でそう答えた岩切が、もう一度侑希に頭を下げ、「失礼します」と告げて立ち去っていく。

（『本物』のやくざは礼儀正しいものなんだな）

その威風堂々《いふうどうどう》とした後ろ姿を感心して見送っていたら、都築に「先生」と呼ばれた。

「こちらで少しお待ちいただけますか」

通されたのは、十二畳ほどの客間らしき部屋だった。中庭に面した側の障子《しょうじ》が半分開いていて、手入れの行き届いた庭の様子を眺めることができるようになっている。

「峻王さんを呼んで参ります」

そう言い置いて都築が去っていたあと、中年の女性がお茶を運んできてくれた。おそらく、このお手伝いの女性が先程インターフォンで応答してくれたのだろう。

コートを脱いだ侑希は、書の掛け軸が下がった床の間を背に正座をした。見るからに価値のありそうなアンティーク風の茶器に手をつけることはせず、緊張の面持ちで教え子の登場を待つ。

果たして、神宮寺峻王は自分と会うだろうか。

落ち着かない気分で眼鏡のつるを幾度か弄《いじ》る。慣れない正座に足が痺《しび》れ始めた頃、中庭と障子の間にある縁側をひとりの少年が通りかかった。何気ない素振りでこちらを見た少年が、つと片眉を持ち上げる。「あれ？」と不思議そうな声が落ちた。

「立花……先生？」

峻王の兄の迅人だった。

見慣れた詰め襟の制服姿ではなく、パーカー付きのダウンジャケットにワークパンツ、頭にはニットの帽子といった、今時の若者らしい格好をしている。顔立ちが綺麗《きれい》で、小柄だがスタイルもいいので、街を歩いていたらかなり目立つだろう。考えてみれば、この屋敷の住人たちは揃いも揃って美男ばかりだ。タイプはそれぞれ違うけれど。

「びっくりしたー。こんなところで、何してるんですか？」

障子から顔を覗かせた迅人が訝《いぶか》しげに尋ねてくる。この少年は弟と違って『近寄るな』オーラを発していないので、とても話しやすい。侑希も緊張を幾分解いて答えた。

「峻王くんと話をしに来たんだ。今、都築さんが彼を呼びにいってくれているので、待っているところ」

「そっか、あいつもうずっと学校行ってないもんな」

弟の不登校をさほど気にしていない口調でさらりとつぶやいてから、形のいい眉をひそめる。

「でも先生、あいつ今発情期だから、近寄らないほうがいいよ」

発情期!?

真顔で忠告されて、意味がわからなかった侑希が、どういう意味なのかと問い返そうとした時、右手の襖がからっと開いた。襖に手をかけて入り口に立った都築が、迅人に気がついて「おや？」といった表情をする。

「迅人さん、お出かけですか？」

「うん、永瀬《ながせ》たちと待ち合わせて渋谷《しぶや》。タワレコでインストアライブがあるんだ」

「お戻りは？」

「十時には戻るから。——んじゃ先生、また学校で」

バイバイというように片手を振って、迅人が去っていく。

結局、意味深な忠告の意味は訊けなかった。

『発情期』というのは、額面どおりにその……そういう意味なんだろうか。いやたしかに十六歳というのは、性に興味を持つ年頃ではあるとは思うが。

自分の過去と照らし合わせてあれこれ思いあぐねていると、都築が切り出す。

「すみません。峻王さんなんですが、声をかけてみたところ応答がなくてですね」

それを聞いても、がっかりするよりはやっぱりという思いのほうが強かった。自分ごときが訪ねてきたからといって、あの問題児が素直に会うとは思えなかったからだ。

「部屋にいるのはたしかなんですか？」

「ええ。実はこの一ヶ月半ほどはほぼずっと自分の部屋に閉じ籠《こ》もっていましてね。私たちもほとんど顔を合わせていないのです」

都築の言葉を聞いて急に不安になった。つまり、引きこもり？

勝手に単なるサボタージュだと思い込んでいたが、ノイローゼとか、鬱《うつ》とか、精神的な病《やまい》である可能性もなくはないことにいまさらながらに気がつく。

「峻王くんはその……体調が悪いとかではないんですよね」

ずばりと訊くのは憚《はばか》られて、敢《あ》えてぼかした問いかけに、都築は秀麗な眉をわずかに寄せた。

一考するような沈黙のあとで、ぼそっと「ある種の病気かもしれませんね」とつぶやく。

「え？　やっぱり病気なんですか？」

ひとりごちるようなつぶやきを聞きとがめた侑希の追及には、しかし都築は答えなかった。腕時計に視線を落として告げる。

「実は私も今から出かけなければならないのです。先生、申し訳ありませんが、日を改めていただけませんか」

「あ……はい」

なんとなく男が自分を追い払おうとしている気配を感じたが、事前のアポも取らずに突然押しかけたのはこっちなので文句は言えない。――けれど。

このまま本人にも親にも会わずに帰ったら、明日主任に報告できることが何もない。

近藤の不機嫌な顔と、浴びせかけられるであろう嫌みの数々を想像して、胃がきゅうっと痛くなった。

それに――もし神宮寺が本当に、何か精神的な病で苦しんでいるのだとしたら。

(だとしたらやはり、教え子として放ってはおけない)

そう思った時には腰が浮いて、都築にお伺いを立てていた。

「あの、峻王くんの部屋に行ってみてもいいでしょうか」

虚を衝かれたように、男がレンズの奥の双眸を瞠《みは》る。

「先生？」

「つきあっていただかなくても結構です。ひとりで大丈夫ですので都築さんは出かけてください」

「いや……しかし」

迷う表情の都築に侑希は頼み込んだ。

「お部屋まで行って声をかけてみて、それで返答がなかったら日を改めますから」

「おそらく呼んでも出てこないと思いますよ」

そう言いながらも、「それで先生の気が済むのでしたら」と、都築は神宮寺の部屋の場所を教えてくれた。

「この渡り廊下の先になります」

峻王は、広大な敷地の北の外れに位置する離れを自室として使っているのだという。

都築と別れ、渡り廊下を使って隣接する建物に入った侑希は、閉ざされた木製の扉の前に立った。母屋は完全な日本建築だったが、離れは増築されたものなのか、洋風の造りだった。

とにかく、今やれるだけのことをして、それで神宮寺からリアクションがなければ致し方がない。主任も納得してくれるはずだ。

苦手意識を押し殺し、こほっと咳払《せきばら》いをしてから、ドアに向かって声をかける。

「神宮寺峻王くん」

言葉を切って待ってみたが、扉の向こうはシーンと静まりかえって返事はない。

「明光学園の立花です。きみのクラスの副担任をしています。きみと少し話がしたいんだけど、いるなら返事をしてくれないかな？」

やはり反応はなし。ためしにノックをしてみたが同じだった。

予想どおりの展開に小さくため息を吐《つ》く。……仕方ない。日を改めるか。

のろのろと踵を返しかけた時、ドアの向こうでかたっと物音がした。あわてて振り返り、もう一度じっとドアを見つめる。

「神宮寺くん？」

「………」

息をひそめているのか、寝ているのか。

相変わらず返答はないけれど、神宮寺はたしかにこの中にいるのだ。

そう確信を得た侑希は、躊躇いがちにドアノブに手を伸ばす。意外にも鍵はかかっておらず、くるりと回った。こくっと喉《のど》が鳴り、心臓がどきどきと高鳴り始める。

（ど、どうしよう）

いくら教え子であっても、勝手に部屋に入るのは不法侵入だ。でももし神宮寺がなんらかの心の病をかかえていて、助けを求めているのだとしたら？　副担任として放ってはおけない。それに後日出直したからといって、神宮寺に会える確証もなかった。

しばらく逡巡《しゅんじゅん》した末に、思い切ってえいっとドアを押してみる。キィ……と音を立てて扉が開いた。開いてしまうともはや引き返せない気分になって、隙間から室内へ呼びかける。

「神宮寺くん？　開けるよ？」

拒絶の言葉がないことを確認し、ドアを半分ほど押し開いた。

「入るよ？　いいかな？」

さらに確かめながら、室内へそろそろと足を踏み入れる。

神宮寺の部屋は二十畳ほどの洋室だった。一角に小さなキッチンも装備されていて、どうやら部屋自体が一個の独立した家のような造りになっているようだ。侑希の自宅も築年数が経っているので家賃のわりに広いのだが、その1LDKをすべて合わせたくらいの面積がある。

真っ白な壁とフローリングの床。まず目にはいるのは、電気量販店の店頭でしかみたことがないような大画面の薄型テレビだ。それと向かい合うように、真っ赤なソファが置かれている。ソファの下にはモノトーンのラグが敷かれ、ローテーブルの上には銀色のノートパソコン。向かって右手の壁には白木のデスクと、黒いオフィスチェア（事務椅子ではなく、それ自体がインテリアのような未来的なフォルムの椅子だ）があり、その横のステンレスのシェルフには、CDやDVD、雑誌などが積まれていた。

自分の部屋よりかなりグレードが高い、まるでインテリア雑誌のグラビアページのような洗練された室内には、しかし肝心の神宮寺の姿は見えない。きょろきょろと周囲を見回していて、部屋の一角を仕切った木製のパーティションの陰からベッドの一部が垣間見えることに気がついた。

もしかして具合が悪くて寝ているのか？

そう思った侑希は、おずおずとパーティションの側まで行って中を覗き込んだ。

果たして——神宮寺峻王はいた。ベッドの端に浅めに腰掛けている。

正確に言えば、室内には神宮寺の他にもうひとり、若い女性がいた。

見慣れた紺色の制服姿の彼女は、上半身裸の神宮寺の前に跪《ひざまず》き、股間に顔を埋めて、一心不乱に何かをしている。一方、神宮寺は眉ひとつ動かさず、傲慢な無表情で彼女を見下ろしていた。

ふたりとも、侑希の存在にはまるで気がついていないようだ。

「……………？」

ぼんやりとパーティションの傍らに立ち尽くし、小刻みに動く栗色の後頭部を訝しげに眺めていた侑希は、ややして彼女が没頭している行為が何であるかに思い当たり、息を呑んだ。

侑希自身には経験はないが、映画などで見て知識はある。

彼女はあろうことか、神宮寺のものを口で奉仕していた。

「き、きみたちは何して……っ」

生まれて初めてリアルで見る他人の性行為にカーッと頭に血が上り、驚きのあまりに思わず叫んでしまってから、はっと我に返ったが遅かった。

神宮寺が顔を上げる。黒い瞳がまっすぐ、ひたりと侑希を見据えた。

咎《とが》めるような眼差しを向けられて、肩がびくっと震える。

少し遅れて女の子が背後を振り返った。侑希を見て「きゃっ」と悲鳴をあげる。

大きな目をいよいよ大きく見開く彼女の顔には見覚えがあった。昨年の学園祭で『ミス明光』にも選ばれた二年の女生徒。

自分の学校の生徒同士が、目の前で淫《みだ》らな行為に耽《ふけ》っている――その現場に自ら踏み込んでしまった己の間の悪さに目眩《めまい》がしそうだった。

（……具合が悪かったわけじゃなかったのか）

これが縁もゆかりもない男女であったなら、失礼と謝り、くるっと踵を返して立ち去るところだ。けれど自分の学校の生徒である以上は、不純異性交友を見過ごすことはできない。

頭の芯がグラグラと揺らぐのを耐え、真っ赤な顔で棒立ちしていると、長めの黒髪を掻き上げた神宮寺が問いかけてきた。

「あんた、誰？」

予想に違《たが》わず、個体認識されていなかったらしい。侑希にとっては忘れられない接触も、彼の記憶には微塵も残ってはいないようだ。

「き、きみのクラスの副担任だ」

顔色ひとつ変えずに「ふぅん」と受け流した神宮寺が、女生徒の頭に手を置き、「続けろよ」と股間に顔を押し込む。戸惑っている様子の彼女に強引に奉仕を再開させながら、興味なさげに訊いてきた。

「で？　副担任がなんの用？」

（こ、こいつっ……）

口淫《こういん》をさせながら話を聞こうだなんて、教師を舐めるにも程がある。

憤怒《ふんぬ》と衝撃と動揺とで今にも倒れそうだったが、渾身《こんしん》の力で踏みとどまった。

不登校を正すためにも、これ以上舐められてはいけない。馬鹿にされてはならない。

侑希は教師の威厳を取り繕《つくろ》うために、できうる限りの厳しい顔を作った。

「仮にも教師の話を聞く態度じゃないだろう。——そこの二年のきみ、今日のことは誰にも言わないから帰りなさい」

さらに精一杯の低音で命じる。すると、女生徒はちらっと神宮寺の顔を仰ぎ見た。神宮寺が興が削《そ》がれたといった様子で顎をしゃくる。

「邪魔が入って萎《な》えたから今日は帰れよ」

「わかった。じゃあ、また気が向いたら携帯に連絡して?」

どことなくほっとした表情でそう言うと、女生徒はあっさりと立ち上がり、タータンチェックのスカートの襞《ひだ》を直した。壁際に立てかけてあった鞄《かばん》とコートを摑《つか》み、最後にこちらにぺこっとお辞儀をして、侑希が入ってきたのとは別のドアから出ていく。そこからだと家族と鉢合わせしないで自由に出入りができるのだろう。

「女、帰したけど?」

ジーンズの前釦《まえボタン》を外したままの教え子をちらっと見て、侑希は眉をひそめた。さすがにブツは仕舞われていたが、下着を穿《は》いていないのか、下生えの陰りがうっすらと覗き見える。

情事の痕跡《こんせき》も生々しいこんな状態では、とてもじゃないがまともに話などできない。

「シャワーを浴びて服装を正してきなさい」

神宮寺がつと眉をひそめた。敵がむっとしているのが空気から伝わってきたけれど、ここで怯むわけにはいかない。

(舐められちゃ駄目だ)

不穏なオーラに、ともすれば竦みそうになる自分を叱咤《しった》激励し、両目にぐっと力を込めて、教え子を睨みつけた。

一分近い睨み合いののちに、神宮寺が根負けしたように肩を竦め、ベッドから起き上がる。長い脚で侑希の傍らを通り過ぎ、浴室らしきドアの向こうへ消えた。

2

神宮寺の姿が浴室に消えたとたん、緊張の糸が切れた侑希はへなへなと床にへたり込んだ。

やがて聞こえ始めたシャワーの音を耳に、心臓のあたりを手で押さえる。煩《うるさ》いくらいの心音が手のひらに伝わってきた。

(す、すごいドキドキしている)

首筋や背中、脇にも汗の感触がある。まるで体中の汗腺が開いてしまったようだ。

我ながら、よく逃げ出さなかったものだと思う。こんな自分の中にも、教師としての意地みたいなものがあったのが驚きだった。

だけど安堵《あんど》するのはまだ早い。ここからが神宮寺との対決の本番なのだ。

いまさら襲ってきた体の小刻みな震えを深呼吸で宥《なだ》め、一度抜けてしまった気合いを拳を握り締めて入れ直した。

（いいか？　舐められたら終わりだ。教師の威厳を持って毅然《きぜん》とした態度で……）

繰り返し自分に言い聞かせていると、ガチャッとドアが開く音が聞こえた。鞄とコートを床に置いたままでとっさに立ち上がる。

「ご要望どおり、シャワー浴びたぜ」

振り返った斜め後ろに、上半身裸で下はジーンズという格好の教え子が立っていた。先程と違うのは、髪が濡《ぬ》れていることとジーンズの釦がきちんとはまっていることだ。

改めて神宮寺峻王と向き合った侑希は、まずその美しく筋肉が張り詰めた上半身に目を奪われた。無理なトレーニングなどで作り上げた人為的な筋肉でないことは、その流れるように自然なフォルムからも明らかだ。

百八十を楽々と超える長身。高い腰位置。広い肩。長い手脚。

長めの黒髪から滴《したた》った雫《しずく》が、なだらかに盛り上がった胸の隆起を伝い、引き締まった腹筋へと伝い落ちる。若い野生の獣を思わせる、褐色の完璧な肉体。

「…………」

初めて間近で面と向かう教え子の、自分とはまるで違う若々しい肉体に圧倒される気分で、視線を上へ移動する。そこには、完璧な肉体に相応《ふさわ》しい、美しい貌があった。

意志の強さを窺わせる、くっきりと濃い眉。見る者を威圧して、なおかつ魅了し、捉えて離さない漆黒の瞳。鋭利で高い鼻梁《びりょう》。やや肉感的で、だからこそ官能的な印象を与える唇。個々のパーツは端正で一見甘さすら漂うのに、顔全体が発する印象はシャープで猛々《たけだけ》しい。それはやはり、漆黒の瞳が放つ輝《ひかり》の強さ故かもしれなかった。

これならば、女生徒のみならず、女性教諭までもが騒ぐのはわかる。ただ単に顔形が整っているだけでなく、近頃の若者から失われて久しい野性味に溢《あふ》れているからだ。

兄の迅人には、まだ充分に年相応の青さや未熟さが残っているが、この弟は齢《よわい》十六にして、すでに成熟した男の色気を湛《たた》えている。

たった今、女生徒に口淫をさせていた姿を見てしまったからというわけではないが、神宮寺の全身から濃厚なフェロモンが漂っているようで……。

つい教え子に見蕩《みと》れてしまっていた自分に気がついた侑希は、我に返ると同時にぎこちなく視線を逸《そ》らした。

「何か上に羽織りなさい」

しかしその命令には従わず、水浴びのあとの動物みたいにぶるっと頭を振って髪の水分を飛ばしてから、神宮寺はベッドの端にどさっと腰を下ろす。付け焼き刃の威厳は、そうそう何度も通用するものではないらしい。

「で？　話って何？」

早くしろとばかりに苛立った口調で促されて、仕方なく侑希はベッドの近くへと歩み寄った。

長い脚を大きく開き、前屈《まえかが》みで自分を不機嫌そうに見上げる神宮寺の前に立つ。

どこから始めようかと迷った挙げ句、結局はストレートに訊くことにした。なんとなく、この少年は持って回ったやりとりを嫌うような気がしたからだ。

「きみは十二月の頭頃から学校に来ていないけれど、何か理由があるのかな」

侑希の問いかけに、神宮寺はあっさり「別に」と答えた。このあたりの返答はあらかじめ織り込み済みだ。そう簡単に思春期の少年の本音が聞けるとは思っていない。

侑希はできる限りの親身な表情と声音を作り、問題児に語りかけた。

「もし何か事情があるなら、ぼくでよければ話を聞くから。もちろんここで聞いたことは絶対に他言はしない。そこは先生を信じて欲しい」

「…………」

うろんげな眼差しに耐えて言葉を継ぐ。

「たとえば、ご家庭の事情とか……」

実家の稼業についての懸念を仄《ほの》めかしてみたが。

「家の事情？」

わずかに眉をひそめた神宮寺が、ほどなく、ふっと獰猛《どうもう》な笑みを浮かべた。

「ないわけじゃねぇけど……でもどっちかってぇと、下半身の事情っつーか」

「下半身？」

今度は侑希が眉根を寄せる番だった。

「女の相手すんのに忙しくて学校行く暇なくてさ」

「………えっ？」

予想外の告白に耳を疑う。

「え……と、そ、それはつまり……」

口ごもりながらも、侑希は信じられない思いで確認した。

「その、じゃあ学校を休んでいる間ずっと、さっきみたいな調子で？」

「次から次って感じでどんどん寄って来ちまうんだからしょーがねぇだろ？」

臆面もなくあっけらかんと肯定され、ぽかんと口を開く。やがて実感が湧《わ》くにつれて徐々に顔が熱くなってきた。

一ヶ月以上ずっと……取っ替え引っ替え……!?

『絶倫』というあけすけな単語が脳裏を横切り、あわてて打ち消す。

その体力にも唖然《あぜん》としたが、今まで神宮寺に対して、どんな女にも容易にはなびかない硬派な印象を抱いていたので、どうしても違和感を拭《ぬぐ》えない。イメージの百八十度の方向転換に頭がついていかない。

女嫌いなんじゃないかとまで噂《うわさ》されていたのに、それが一転、自宅に女を連れ込んでセックス三昧《ざんまい》？

もしかしたらもともとこっちが本性だったのかもしれないし、この時期の男子が俗に言う『盛りのシーズン』であることもわかる。けどだからといって、学校を休んでまで複数の相手と……

というのはどうなんだ？

いくらなんでも乱れすぎなんじゃないのか。どんなに体が立派でもまだ十六だぞ？そもそも、この家の住人は、離れに複数の女性が代わる代わる出入りしていることを知っているのだろうか。

——ある種の病気かもしれませんね。

——あいつ今発情期だから、近寄らないほうがいいよ。

その疑問の答えとして、都築と兄の迅人の台詞《せりふ》が蘇る。

知っているんだろう。何もかも承知の上で、仕方がないと放置しているのか。

しかし、真実を知ってしまったからには、自分の立場としては放っておくわけにはいかない。

少なくとも女性関係に関しては、いまだまともな体験がない自分よりずっと『大人』である教え子に気後《きおく》れを覚えないと言ったら嘘だが、ここで逃げるわけにはいかないのだ。

内心の動揺を抑え込みつつ、新たに気を引き締めた侑希は、ふたたび問題児の説得にかかった。

「神宮寺くん。世の中には秩序やモラルというものがある。きみだってもう子供じゃないからわかるだろう？」

「…………」

「女性とつきあうにしても、きちんと学校には来なくては駄目だ。学生の本分を全《まっと》うした上で放課後に彼女と会うぶんには、ぼくも何も言わないよ。何人と同時につきあおうがそれはきみの自由だ。ただ、ぼくは副担任として、こういった自堕落な生活できみが駄目になっていくのを見過ごすわけにはいかな…………神宮寺くん？」

言葉を尽くしての説得を、目の前の教え子がまったく聞いていないことに気がつき、侑希はややむっとして名前を呼んだ。

「ぼくの話を聞いている？」

神宮寺は無言だった。無言のまま、じっと間近から侑希の顔を見つめてくる。その眼差しは射るようにまっすぐで、向けられたこっちが居心地が悪くなるほどだった。

なんでそんなにじっと見るんだ。顔に何かついているのか？

「神宮寺くん？」

もう一度、訝しげに名前を読んだ時だった。いきなり手が伸びてきて右腕を掴まれる。びくっと肩が震えた。

「な、何っ？　どうし…っ」

唐突なアクションに面食らっている間に、神宮寺がゆっくりと身を乗り出すようにして顔を近づけてくる。至近距離でもまるで遜色のないアップに息を呑んだ直後、肉感的な唇が囁《ささや》いた。

「先生……あんた、なんかすげーいい匂いするね」

「いい……匂い？」

生まれてこの方、そんなこと一度も言われたことがない。香水の類《たぐい》を纏うような洒脱《しゃだつ》な習慣も持ち合わせていなかった。神宮寺が何を言っているのかわからず、硬直してレンズの奥の目を瞠っていると、漆黒の双眸がじわりと細まった。

「側であんたの匂いを嗅《か》いでいると……なんか頭がぼーっと霞《かす》んで……まるで酔っぱらったみてえに身体が火照《ほて》ってくる」

少し上擦った声で囁く男の、飢えた獣のような熱っぽい視線に本能的な恐怖を覚え、反射的に身を引こうとしたが、逆に摑まれた腕をぐいっと引かれてしまう。

「………っ」

あっと思った時には、侑希は神宮寺の胸の中に倒れ込んでいた。抗う間もなく体位を入れ替えられ、仰向けに押し倒される。両腕をベッドリネンに押しつけられた体勢で、侑希は自分の上に乗り上げている半裸の生徒を呆然《ぼうぜん》と見上げた。

「な、何す……っ」

「あんたのごもっともな説教聞くのもかったりぃし、手っ取り早く体で話し合おうぜ」

「か、体で……？」

それはひょっとして、殴り合いとか、そういう？

そんな……喧嘩なんて一度も経験がないのに、やくざの息子相手に勝てるわけがない。無理だ。

顔を強《こわ》ばらせていると、神宮寺の右手がすっと視界を過《よぎ》った。

——殴られる！

思わず、ぎゅっと目を閉じた瞬間、眼鏡を掬《すく》い取られる。

「——先生、あんた」

低音の呼びかけにこわごわと薄目を開けた。わずかに焦点がぼやけた視界に、神宮寺の精悍《せいかん》な美貌が映り込んでいる。

「眼鏡取ったら、綺麗な顔してんのな」

「……き、れい？」

二十六年間、自分とは無縁だった形容詞に意表を衝かれ、侑希は両目を瞬かせた。

「派手じゃねぇけどすっきり整ってて、色が白くて肌も綺麗だし……」

自分のほうがよっぽど『綺麗』な男が、誰のことを言っているのかわからない感想をつぶやいて、ぺろっと舌で唇を舐める。その淫靡《いんび》な仕草にぞくっと背中が震えた。自分を見下ろす黒い瞳にほのかな『欲情』の色が見え隠れするのは、目の迷いなのか。

「黒目が濡れたみてぇに潤《うる》んでてエロい」

それは、実は以前も言われたことがあった。自分では近視のせいだと思っていたが。

「……美味《うま》そう」

「う、美味そう!?」

艶《なま》めいたかすれ声の囁きに、侑希は仰天した。

その段でようやく遅ればせながら、ベッドに押し倒されて伸しかかられている自分の体勢が意図するところに思い当たり、さーっと血の気が引く。

まさか、体で話し合うって……そういうことなのか!?

それでもまだ信じられず、半信半疑で確かめる。

「き、きみは男も相手にするのか？　そんな見境のな…」

「男で発情したのはあんたが初めてだ」

神宮寺の口からはっきりと『発情』という単語を聞いて、ひっと喉が鳴った。基本的にノーマルと知ってもなんの慰めにもならない。

「ぼっ、ぼくはきみの教師だぞっ」

「それが何？」

「……っ――」

平然と返され、ぱくぱくと口を開閉した。

「あんたが誰だろうと関係ねえ。俺は欲しいものは奪う」

不敵な略奪宣言。衝撃のあまりに声も出ない。

こいつ……頭がどうかしてる。

仮にも学校の教師を――しかも同じ男である自分をどうにかしようだなんて、いくら『発情期』だからって常軌《じょうき》を逸《いっ》している！

「ケ、ケダモノッ！」

思わず罵声《ばせい》を浴びせかけ、神宮寺を押し退けようとしたが、ずっしりと重量のある体はびくとも動かない。

「退《ど》けっ！　退きなさいっ」

必死に身を捩《よじ》り、両手両脚をバタつかせて暴れても、まるで効果はなかった。

「先生の言うことが聞けないのか！　今なら許してやるから！　神宮寺っ！」

必死の説得もむなしく、煩そうに眉をひそめた神宮寺に両手首を摑まれ、頭の上でひとつにまとめられてしまう。

「痛……っ」

そうやって侑希の両手の自由を奪っておいてから、神宮寺は上着のボタンを片手で器用に外し始めた。シャツのボタンも外し、ネクタイも解いて、首からするっと引き抜く。

シャツの合わせを開かれて、侑希はびくっとおののいた。全開になった素肌を、上空からの視線でじっとスキャンされ、じわりと顔が熱くなる。

「色……白いな」

コンプレックスを刺激されて唇をきゅっと嚙み締めた。

なまっちろくて貧弱なことは誰よりわかっているから、褐色の美しい肉体の持ち主にわざわざ言葉で知らしめられることは屈辱でしかなかった。

「乳首も綺麗なピンク色」

肉感的な唇を歪《ゆが》める教え子をキッと睨みつける。

「くだらないことを言っていないで放せっ」

身を捩って叫ぶと、精一杯の抵抗をいなすみたいにくるっと体を裏返され、俯《うつぶ》せの状態で上着を剝《は》ぎ取られる。さらに両腕を背中へ回され、手首をまとめて摑まれた。

「よせっ。よさないかっ！」

嫌な予感を覚えて必死に抗ったが、両手を後ろに回されてしまっているのでどうしようもない。

あっさりとネクタイで手首をひとつに縛られてしまった。

「ネクタイを取りなさい！」

侑希は声を張り上げ、厳しい声音で命じた。

「きみは自分が何をしようとしているのかわかっているのか？　合意の上でない性的行為を強要することは犯罪だ。セクハラは立派な犯罪なんだぞ！」

返答がないままに、手が前に回ってきて、カチャカチャとベルトを外される。ファスナーを下ろされ、前をくつろげられて焦燥が募った。

「聞こえないのか!?　神宮寺！　神宮寺っ！」

懸命に首を捻って背後に呼びかけても無視される。代わりに、下着ごとボトムを膝のあたりまで一気に引き下ろされた。

「あっ……」

ついには脚の自由も完全に奪われて、呆然とつぶやく。

「……うそ……だろう？」

これでもう、自力では逃げられない。

上ははだけたシャツ一枚。手首はネクタイで縛られ、下半身に至っては局部が剝き出し。こんな恥ずかしい格好になって初めて、自分が絶体絶命のピンチにある実感がじわじわと湧き上がってくる。

平凡に生きてきた自分の身の上に、突然降りかかってきた信じられないアクシデント。

でも、信じられないけど現実だ。これは現実なのだ。

今まではまだ心のどこかで、生徒が、教師である自分に本気で酷《ひど》いことはしないという過信があった。行きすぎた悪ふざけに違いない。説得すればわかってもらえる、と。

だけど、それは傲《おご》りにすぎなかったことを身を以《もっ》て思い知る。

（本気なんだ）

本気で——神宮寺は自分を辱《はずかし》める気だ。

声を限りに叫んでも、母屋までは届かない。なおさら住人はみな出かけている。

神宮寺が心変わりしない限り、自分はこのまま彼に嬲《なぶ》られるのだ。

非情な現実を突きつけられて、侑希は目の前がふっと暗くなった。

この先、どうするつもりなんだろう？

男である神宮寺が、同じ男である自分を、どう辱めるのか？

（……怖い）

先の読めない展開に、闇雲な恐怖心が込み上げてきて——。

「助け……助け…て」

気がつくと、わななく唇から懇願の声が零《こぼ》れ落ちていた。相手が十も年下であることも、自分の生徒であることも頭から吹き飛び、譫言《うわごと》みたいに涙声で「助けて」と繰り返す。

「お…願い……」

「そんなビクつくなって。痛くしねぇよ」

甘く昏《くら》い声で、無情な台詞が首筋に落ちた。背後から覆い被《かぶ》さってきた神宮寺の、張り詰めた広い胸に包み込まれ、背中が触れた熱っぽい肌の感触にぴくっと震える。

前に回してきた神宮寺の手で急所を握られた侑希は、本能的な恐怖におののいた。

「や……嫌だ……やめ……やめ、ろっ」

首を左右に振っている間にも、神宮寺がゆっくりと手を上下に動かし始める。

「や……だ……やっ」

硬い手のひら全体で擦《こす》られると同時に、敏感な部分をやさしく指先で撫《な》でられた。

「ん……んっ」

ツボを心得た手淫がもたらす強烈な刺激に、喉の奥から熱い息が込み上げ、薄く開いた唇から漏れる。

「ふ……ぁ」

——気持ち……いい。

自分以外の誰かに施される愛撫が、こんなに気持ちがいいものだなんて、初めて知った。

抗いがたい未知の快感に、強ばっていた体の力が徐々に抜け、だんだんと下腹部に熱が集まっていく。やがてその熱が、今度は拡散していって……体が火照る。指の先まで熱くなる。

「あっ、……あっ」

一番感じる裏の筋を擦られ、ついに堪えきれない声が零れた。普段よりオクターブ高い、鼻にかかったようなかすれ声。快感を覚えていることがあからさまな、こんな恥ずかしい声を神宮寺に聞かれているのだと思ったら、羞恥で瞳がじわっと潤んだ。

むりやりされて、何感じてるんだ、馬鹿！

なおさら鈴口からつぷっと蜜が溢れたのがわかって、こんな状況でも反応する自分の浅ましさに死にたくなる。

「駄、目……」

こんなのおかしい。あってはいけないことだ。教師なのに、男の教え子に手でされて感じてしまうなんて。

いけない。絶対に。駄目だ。

そう思っているのに……。

「腰、浮かせろよ」

傲慢な声で命じられると、まるで催眠術《さいみんじゅつ》にでもかかったみたいに、無意識のうちに腰が浮いていた。尻を高く掲げる姿勢を取った直後、大きな手で袋を握られる。

「ひ、あっ」

「ずっと出してないのか？　パンパンに腫《は》れてるぜ？」

袋の中身を押し出すように揉《も》まれ、先端からじゅくっと透明な蜜が溢れた。

そういえば、日々の生活に疲れ切って、もうずっと自慰もしていない。

「すげー、溢れてる。もうヌルヌル」

揶揄《やゆ》するような台詞にカッと顔が熱くなった。

「ヌ、ヌルヌルとか言うなっ」

「だって本当だろ？　ほら――」

先走りで濡れた先端を親指で円を描くみたいに丸く撫でられた瞬間、にちゅっと卑猥《ひわい》な音が耳に届く。

「糸引いてる」

「や、やめろっ」

耳を塞《ふさ》ぎたかったけれど、両手を拘束されていてはそれも叶《かな》わない。

「馬鹿っ、変態っ、ケダモノッ」

侑希の罵声などどこ吹く風と、神宮寺が愛撫のピッチを上げた。溢れた先走りを軸に塗り込まれるたびに、くちゅっ、ぬちゅっと濡れた摩擦音が聞こえる。

「ん……っ、んっ」

濡れそぼったペニスは、すでに腹にくっつきそうなほどに反り返っていた。下腹部で、今にも爆発しそうな欲望がどろどろと渦巻いている。

熱くて、苦しくて、おかしくなってしまいそうだ。どうにも我慢できずに、腰がゆらゆらと揺れる。その都度ベッドリネンに擦れた乳首がぴりぴりと疼《うず》いた。

「あ、……ふ、」

吐息も熱い。頭の中が爛《ただ》れた官能に塗りつぶされて、もう何も考えられない。

こんな状態になったのは生まれて初めての経験で、どうすればいいのかわからなかった。

「苦しいんだろ？　イケよ。俺の手に出していいから」

甘く傲慢な囁きが耳許で解放を誘う。その蠱惑《こわく》的な誘いにかぶりを振り、侑希はわずかに残った理性で抵抗した。

「だ、め……だ。駄目っ」

ここで達《い》ったら、神宮寺の手淫で達してしまったら、自分の中で何かが終わる。

（終わってしまう――！）

切実な焦燥感だけが、侑希をギリギリの一線で堰《せ》き止めていた。

「我慢するなよ。苦しいだけだぜ。――楽になっちまえよ、先生」

その最後の砦《とりで》を突き崩そうとするかのように、神宮寺が残酷に追い上げてくる。

「あ……あっ……」

激しく上下に扱《しご》かれて、背中が淫蕩《いんとう》にうねった。両脚の内側がぶるぶると痙攣《けいれん》する。

「も、うっ……」

きつく閉じた眼裏《まなうら》が白くスパークした次の刹那。

「ん、……あっ、んっ……ああ――っ」

絶え入る声を放って、侑希は弾《はじ》けていた。ドクンっと大きく吐き出したあと、立て続けに、たぷっ、たぷっと白濁が溢れる。

「ほら――もっと出るだろ」

「あ、ん、やぁ……あっんっ」

最後の一滴まであまさず絞り出すみたいに扱かれ、腰を前後に淫らに揺らして出し切った。

「は……ふ……」

放埒《ほうらつ》と同時に脱力感に襲われて、ぐったりとベッドに突っ伏す。胸を喘《あえ》がせ、体を小刻みに震わせていると、肩を摑まれ、くるっとひっくり返された。ベッドに両手をつき、自分の顔を覗き込んでくる教え子を、涙に濡れた瞳でぼんやりと見上げる。

「たっぷり出たな」

こんな時でも腹立たしいほど魅力的な美貌が、よくできたと言わんばかりに唇の端をにっと持ち上げた。

「…………」

否定できないことが辛《つら》い。

情けなかった。十も年下の男にいいように弄《もてあそ》ばれ、達かされてしまうなんて。しかも、今まで自分がやっていたのはなんだったのかと、初めて自慰を覚えてから十数年間の価値観が覆《くつがえ》るほどに気持ちよかった。

十六歳の教え子にマスターベーションのなんたるかを教わるなんて、惨めすぎる。

社会人として、大人として、教師として、男として――なけなしのプライドを根こそぎ、完膚《かんぷ》無きまでに踏みにじられた侑希は、自分より数段『雄《オス》』として成熟している高校一年の視線を避けるようにじわじわと俯《うつむ》いた。

敗北感に打ちひしがれていると、不意に「先生」と呼ばれる。

「あんたさ、いちいち反応が初々《ういうい》しいけどひょっとして童貞？」

痛いところを突かれ、肩が揺れた。ぐっと奥歯を嚙み締めてから、目の前の不敵な顔を上目遣いに睨む。

「ば、馬鹿にするな……っ」

「へぇ。じゃあ経験済みなんだ？」

追及にうっと詰まり、口の中でごにょごにょとつぶやいた。

「…………キスは……ある」

大学時代に一回だけ参加した合コンの罰ゲームで。相手は男だったけれど。

「やっぱ童貞か。ってことは当然バックも未経験だよな」

何やら低い声でひとりごちていた神宮寺が、ふっと獰猛な笑みを唇の端に刻む。

「バージンじゃ慣らさないとな」

「バージン？」

自分を女扱いした物言いにカッとなった侑希は、神宮寺を怒鳴りつけた。

「教師を馬鹿にするのも大概にしろ！　大体、男なんか嬲って何が楽しいんだ⁉」

「思ってたより全然楽しい」

悪びれない即答が返る。

「……………っ」

「あんた、並みの女より感じやすくて表情とか声とかエロいし……すげーいい匂いするし」

「エ、エロいって……」

顔が赤くなった。つい先程達した際の、自分の甘ったるい喘ぎ声を思い出したからだ。

「そういう顔が煽《あお》ってんだよ」

なぜか怒ったみたいな口調で低く落とした神宮寺が、侑希の膝のあたりに溜まっていたスラックスをぐっと下に引いて、脚から引き抜いた。そのまま少し荒っぽい手つきで膝を摑まれ、ぐいっと両脚を大きく開かされる。

「やめろっ！」

さっき達したばかりの、まだ精液で濡れたヘアと欲望を露《あらわ》にされ、侑希は悲鳴をあげた。とっさに閉じようとしたが、神宮寺の体が邪魔で果たせない。

「は、離せっ……」

自力では為《な》す術《すべ》もなく、解放を訴えてみたけれど、案の定聞き入れられなかった。無言で注がれる熱っぽい視線に耐え切れず、羞恥《しゅうち》に火照った顔を背ける。

後ろ手に縛られ、シャツは全開。白日の下、剝《む》き出しの脚を大きく広げさせられて局部を晒《さら》されている——。かろうじて靴下だけ残っているのが、余計にみっともない感じで居たたまれなかった。恥ずかしくて惨めで、じわっと涙が滲んでくる。

「もう……勘弁してくれ」

「駄目だ。あんただけが気持ちいいのは不公平だろ？」

「……酷い」

酷い男。最低の奴《やつ》。人でなし。

勝手に縛っておいて一方的に嬲っておいて、よくもそんなことが言えたものだ。

あんまりな言い種《ぐさ》にぎりっと奥歯を食い締めていると、とろっと生あたたかい感触が脚の付け根に触れる。はっと顔を振り上げた先――神宮寺の手の中に、いつ、どこから持ち込んだのか、プラスティックのボトルが見えた。

「……何？」

「温感ジェル」

ボトルから蜂蜜色の液体を垂らしつつ神宮寺が答える。

「先生のここは女と違って濡れないし、俺もこっちは経験がないからな」

「ここって……？」

「ここだよ」

尻の間の窄《すぼ》まりにいきなりつぷっと中指を差し込まれ、異物を挿入されたショックで腰が跳ね上がった。

「な、な、なんで、こんなところに……指っ」

「解さねぇと入らないだろ？」

「入…る？」

「俺のがさ」

そう言われてもしばらくはぴんとこなかった。だがやがて、神宮寺が本気で自分を女性の代用にしようとしていることに気づき、ひっと喉が鳴る。パニックに陥った侑希は、激しく首を左右に打ち振るった。

「いや……嫌だ」

まだ普通のセックスがなんたるかも知らないのに、男に犯されるのなんて嫌だ！

第一こんな狭いところに入るわけがない！　指だけでもこんなに痛いのに!!

「抜けっ……神宮寺、指抜けっ！」

絶叫に意外やするっと指が抜ける。

だがほっとしたのも束の間、神宮寺は侑希の右脚を向かい合う自分の左の肩にかけた。

「おとなしくしろって。流血沙汰《ざた》は嫌だろ？　俺だって痛いばっかりなのは御免だからな」

むずがる子供をあやすような口調で言いながら、残る左脚の膝裏を摑み、体をぐっとふたつに折り畳む。赤ん坊がおむつを替えられる時のようなポーズを取らされ、腰が浮き上がった。この体勢だと無防備に後孔《こうこう》が見えてしまう。

しかしそのことに羞恥を覚える間もなく、ジェルで濡れた窄まりにふたたび指を突き入れられた。今度はかなり奥まで差し込まれる。

「や……や、ぁっ」

嫌がっても、ジェルのぬめりのせいで、侵入を拒むことはできなかった。ぬちゅぬちゅと音を立てて出し入れされ、狭い筒の中をならすように掻き混ぜられる。すぐに指を二本に増やされた。

「………う、くっ」

逃げることも抗うこともできずに、眉をきつくひそめ、硬い異物感に耐える。性器を弄られた時と違って、体の中を指で蹂躙《じゅうりん》されるのは、ただひたすらおぞましく、気持ちが悪かった。

もうやめてくれ。お願いだから。これ以上は耐えられない。

これ以上されたら吐く――本気でそう思った時だった。体内を蠢《うごめ》いていた神宮寺の指が、あるポイントに触れた、その瞬間。

「あぁっ」

そこからぴりっと甘い刺激が走り、侑希は高い声をあげて、全身で跳《は》ねた。

「――わかった。ここ、だな?」

すかさず確信を持った声で確かめられる。

「わか……な…」

何が「ここ」なのかはわからなかったけれど、そこを指で擦られたり爪で引っ掻かれたりすると、自らの意志とは関係なく粘膜がうねるのはわかった。先程まで疎《うと》んでいた神宮寺の指に内襞《うちひだ》が浅ましく絡みつき、勝手に締めつけるのを、自分では制御することができない。

「ん、あ……はっ……あぁ」

狙い定めたように集中的に掻き混ぜられながら、侑希はじんじんと痺れるような、むず痒《がゆ》いような感覚に身悶《みもだ》えた。それが『快感』だと気がついた頃には、劣情をすべて吐き出したはずの欲望がふたたび勃《た》ち上がっていた。復活した欲望が、体内の刺激に合わせてふるふると揺れる。

「すげえ。……中、とろとろになってる」

感嘆めいた声を落として指を引き抜いた神宮寺が、身を起こし、膝立ちでジーンズの釦を外した。デニム地の中から、窮屈そうにしていたものを取り出す。

「そろそろ入れるぜ？」

「………」

未知の快感に翻弄《ほんろう》され、ぐったりと放心していた侑希は、猛々しいほどの雄の印を目《ま》の当たりにして、びくっとおののいた。顔が引きつって体がすーっと冷たくなる。

(……無理)

そんな大きなもの、絶対入らない！　そんなことされたら死ぬ!!

けれど体が逃げる前に両脚を摑まれ、脚の間に濡れた先端をあてがわれてしまった。

──熱い！

息を呑むのとほぼ同時、熱の塊《かたまり》がぐぐっとねじ込むように押し入ってくる。

「ひ、いっ……」

今まで味わったことのない痛み、身を割られる衝撃に、涙がぶわっと盛り上がった。

「い、痛い──っ」

「馬鹿。力抜け。力んでどうする」

そんなこと言われてもできない。どうすればいいかわからない。涙目で首を横に振った。

「でき、な……」

ちっと舌打ちが聞こえて、萎えかけていた性器をゆるゆると扱かれる。快感を引き出すような動きに、がちがちに硬くなっていた侑希の四肢から力が抜けた。

「あ、……は……ふ」

甘い刺激に緊張が解れた頃合いを見計らってか、神宮寺が腰を揺すりながら体を進める。一番太いかさの部分が入ってしまえば、あとは比較的スムーズだった。とても入らないと思っていたものが、ジェルの滑りを借りて根元まで沈み込む。

「……入った」

かすれた囁きと熱い吐息が神宮寺から零れた。

「はぁ……はぁ」

精も根も尽き果て、侑希は胸を大きく喘がせる。体中が冷たい汗でびっしょり濡れていた。

腹の中いっぱいに、自分以外の誰かがドクドクと脈づいている。

きつくて、苦しい。限界まで開かされた脚の付け根も軋《きし》んで痛いし、下から押された胃が、今にも喉許まで迫《せ》り上がって来そうだ。

こんな苦行を強《し》いられるなら、一生、セックスなど知りたくなかった。

しかも恐ろしいことに、たぶん……責め苦はこれで終わりではないのだ。

「動くぞ」

悪い予感は的中し、侑希の息が整うのを待っていたかのように抽挿《ちゅうそう》が始まった。ぎりぎりまで引き抜かれ、返す勢いで一気に貫かれる。

「ひっ……あっ」

めいっぱい広げられた後孔を、灼熱の凶器が行き来する。

激しく打ちつけられ、中をぐちゃぐちゃに掻き混ぜられた。出し入れのたびに結合部分からあられもない水音が漏れる。

何もかもが非現実的で、とてもリアルな現実とは思えなかった。

ほんの数時間前までは、まともに顔を合わせたこともなかった神宮寺と自分が今、すごい格好で繋《つな》がって、セックスしているなんて信じられない。

これは——きっと夢だ。しかも、これ以上はないほどの最低最悪の悪夢だ。

でも、どんな悪夢も、じっと我慢していればじきに目が覚める……。

「あ……っ」

辛すぎる現実から逃避しかけていた思考を、ぴりっと脳天まで貫くような刺激に引き戻された。

さっき、指で擦られた際もおかしくなってしまったポイントを、反り返った硬い切っ先で抉《えぐ》られて、背中が浮き上がる。強烈な快感に全身の肌がぞくっと粟立《あわだ》った。

「やっ、あっ、あ……」

喉の奥から嬌声《きょうせい》が押し出される。

「……ど、して?」

こんな酷いことをされているのに気持ちいいなんておかしい。混乱のままに侑希は濡れた双眸を瞬かせた。

(怖い)

自分の体が、自分のものでなくなってしまったみたいで……怖い。

「や、やだ…ぁ」

漠然とした恐怖に駆られ、涙声で嫌がっても、体は強欲に快感を貪《むさぼ》ろうとする。体内の雄をねっとりと締めつけ、食いしめて離さない。

「くそ。……あんた、ほんとにバージンかよ?」

苦しげな声が耳許に落ちるなり、神宮寺の動きが激しくなった。

「あ……あっ……あっ……ん、っ」

視界がぶれるほど強靭《きょうじん》なストロークで追い上げられ、情熱的に揺さぶられて嬌声が跳ねる。体の奥が熱く疼いて、どうしようもない。

「ひ……あ、熱…い……中っ」

もはや理性も思考能力も残ってはいなかった。

残っているのはただひとつ。出したい、達きたいという動物的で切実な欲求。

「も……だ、め……いかせ、てっ」

涙混じりの懇願に、神宮寺が侑希の欲望を握った。前を扱きながら後ろを貪欲に穿《うが》ってくる。

「あ…っん、い……いく、い――っ」

両方を同時に嬲られる責め苦に堪えきれず、何度か抉られただけで侑希は絶頂まで上り詰めた。

「ああ――っ」

放物線の頂点で、限界まで膨《ふく》れ上がった欲望を解き放つ。

「うっ……」

押し殺したような低い声が聞こえ、やがて、自分の中で若い雄が弾けたのを知った。侑希の上で、しっとりと汗に濡れた褐色の肉体がびくびくと震える。

「……ふ……」

たっぷりと濃いものを注ぎ込まれる感覚に、熱い息が漏れた。

有り余るエネルギーを叩きつけるような、長くて濃厚な射精が終わり、神宮寺が放ったもので最奥《さいおう》が熱く濡れる感覚に小さく震える。

（……終わった）

放埒の余韻《よいん》が引くのと引き替えに、ひたひたと胸に満ちる昏い絶望。

侑希はゆっくりと目を瞑った。

生徒に犯されて絶頂に至った瞬間、自分の教師としての矜持《きょうじ》は地に塗れたのだ。

だが、痛嘆にゆっくりと浸る余裕すら、侑希には与えられなかった。数分のインターバルも置かずに、体内の神宮寺が動き出す。

嘘。……もう？

その驚異的な快復力に畏怖すら覚えたが、腕を縛られ、挿入された状態では逃げることもできない。心の準備も何もなく、まだ体内に神宮寺の放った精液が残る敏感な内襞を擦られて、嬌声が迸《ほとばし》る。

「あっ……あぁっ……」

抽挿のたびにぐぷっ、ぐぷっと淫らな水音がして、結合部から溢れ出た白い体液が太股《ふともも》を濡らす。激しい抽挿にベッドがぎしぎしと軋む。

「う、んっ……あ、あ、ん……っ」

達したばかりとは思えないしたたかな質量に喘がされながら、侑希はふたたび若い獣の欲望の熱に呑み込まれていった。

3

「峻王、峻王。おい、いるのか？」

ノックの音が響いたあとで、ドアの向こうから兄の声が呼びかけてきた。

「開いてるよ」

答えると、ドアノブが回って扉が開く。隙間から顔を覗かせた迅人が、きょろきょろと部屋の中を見回した。

「誰もいないよな？」

ベッドに仰向けに寝そべる峻王に確認してから、室内に入ってくる。

この部屋にしょっちゅう女が出入りしているのを知っているので警戒しているのだ。一度、真っ最中にドアを開けてしまったことがあって以来、懲《こ》りているんだろう。

ベッドの近くまで歩み寄ってきた迅人が、峻王の顔を覗き込むようにして訊いた。

「なぁ、今日の夕方さ、立花先生が訪ねてきたけどおまえ会った？　俺ちょうど出かけるとこで挨拶しかできなかったんだけど」

「立花？」

「ほら、眼鏡かけててひょろっと細身の。おまえのクラスの副担任」

「……ああ、あいつ、立花って名前なのか」

そういえば、そう名乗っていたっけ。

名前すら認識せずに抱いてしまった男の、色っぽい泣き顔と喘ぎ声を思い出しながら、峻王は腹筋の力で上半身を起こした。

「ってことは会ったんだ。そっか。ならよかった」

少しほっとしたように迅人がつぶやく。

「なんかすげー思い詰めた顔して客間で正座してたからさ。かわいそーに」

「かわいそう？」

「ただでさえ不登校の生徒の説得なんて気が重いだろうに、なおさらやくざの家に家庭訪問じゃハードル高すぎだろ？　ありゃたぶん、学年主任あたりに『様子見てこい』って背中こづかれて渋々出向いたんだろうな。あの人、要領悪そうだから。いっつも損な役割押しつけられてるし」

学校での立花はまったく記憶にないが、先程の様子を見る限りでは、なるほど迅人の言うとおり鈍《どん》くさそうではあった。

「でも俺、あの先生けっこう好きなんだよね」

「……ふぅん」

兄の意外な言葉に、峻王は片方の眉を吊り上げた。自分よりは数倍人当たりのいい兄だが、それでもそのまっすぐな気性故か、人の好き嫌いははっきりしている。

見た目やポジショニングではなく、本質で判断するので、兄の評価は信用がおけるのだ。

「生徒の中にはあの先生のこと『だせー数学オタク』とかって馬鹿にしてるやつもいるけどさ。たしかに不器用で融通きかないけど、授業は丁寧でわかりやすいって噂だし、立ち回りが下手そうなとこがかえって好感もてるっつーか」

いまいちフォローになっていそうでいない兄の立花評に、峻王は肩を竦めた。

「ま、たしかに立ち回りは下手だよな」

ビビッてんならとっとと逃げりゃいいものを、妙な責任感を発揮して説教しようなんて思うから、うっかり食われちまうんだ。馬鹿正直に体当たりしなくても、上司への言い訳なんざ適当に言い繕っておけばいいのに。

臆病なくせに、自分の身に迫る危険には鈍感なあたり、抜けているのか天然なのか。

けど……味は思いの外に美味《よ》かった。

あれこれ面倒なので、普段ならバージンと知った段階で手は出さないのだが。

立花が発する甘い匂いを嗅いだ瞬間、頭がクラクラして、体が熱くなってきて——気がつくと細い体を押し倒していた。

そうして始めてしまえば、相手が男であることはさほど障害にならなかった。眼鏡の下の端正な素顔や、肌理《きめ》の整った白い肌、すんなり華奢《きゃしゃ》な体つきが好みだったせいもある。自分と同じものがついていることさえ気にしなければ、あとは女相手とやることはそう変わらない。

初々しい反応と無意識の媚態《びたい》にそそられ、無垢《むく》なわりに感じやすい肉体を夢中で貪った。立て続けに二回交わったせいか、終わったあと、立花はかなりぐったりしていた。

死んだように動かないので、先に汗を流して浴室から出てきたら、立花の姿はもう部屋になかった。自分がシャワーを浴びている間に服を着込んで逃げ帰ったらしい。

よほどあわてていたのか、ベッドのすぐ横の床にはネクタイが落ちていた。セックスの最中、立花の手首を縛っていたものだ。

(そんなに焦《あせ》って逃げ出さなくても、バージン相手に三回はやらねぇって)

俺だってそこまでケダモノじゃない。

胸中でひとりごち、唇の端を不遜に持ち上げる。

今日のところはあれで勘弁して、ちゃんと後始末をしてやるつもりだったのに。

床から拾い上げてベッドの上に投げ出しておいた——レジメンタル柄のネクタイに手を伸ばす。持ち主を彷彿《ほうふつ》とさせる、その冴えない色合いのネクタイを無意識に弄んでいると、ベッドの傍らに立つ迅人が訝しげな声を出した。

「それ……なんか見覚えあるんだけど」

三十秒ほど鼻にしわを寄せてネクタイを睨みつけていた迅人が「あっ」と声をあげる。

「それ！　立花先生のじゃねえ？」

指摘に手の動きを止め、少し驚いた表情で峻王は兄を見た。

「よくわかったな」

「いや、だって、なんか微妙な色だったから」

苦笑混じりに言ってから、つと、迅人が眉根を寄せる。

「峻王……おまえまさか、立花先生をどうかしたんじゃないだろうな？」

疑わしげな兄の言葉に峻王は問い返した。

「どうかって？」

「だから……」

迅人がそのすっきりと整った貌に困惑の色を浮かべて言い淀《よど》む。よもやまさかとは思いつつも、ここ一ヶ月半近くの弟の見境のなさを嫌というほど知っているがために、はっきりと「あり得ない」とは否定しきれないといった表情。

兄の複雑な心中を読み取った上で、峻王はその問いに答えた。

「食った」

「食っ……」

ぎょっと目を見開いて絶句したのちに、迅人が裏返った声を張り上げる。

「食ったぁ!?」

「あいつ、すげーいい匂いするんだよ。頭の芯がぼーっと白く霞《かす》むようなさ。あんな匂い出してるやつ、初めて会った」

「匂いなんて俺は感じなかったぞ……じゃなくて相手は学校の先生だぞ！　しかも男っ！」

「男だろうが女だろうが、やるこた大差ない。入れる孔《あな》が違うだけだろ？」

あけすけな台詞に迅人がカッと顔を赤らめる。同じ血を分けた兄弟でも、ひとつ上の兄は性的なことにストイックで、十七という年齢よりも純で潔癖なところがあった。

「っとに、おまえってやつは……身も蓋《ふた》もないな」

赤面して弟を睨みつけていた迅人が、やがて気を取り直したように尋ねてきた。

「おまえさ、今匂いがどうとか言ってたけど、男なのに手を出したってことは、立花先生のことが好きなのか？」

「別に」

あっさり返すと、迅人がいきり立つ。

「だったらなんでっ!?」

身内でもない教師のために憤《いきどお》る兄を、峻王はまっすぐ見つめた。

「俺が大事なのはおまえだけだ」

「……峻王」

熱っぽい眼差しに困惑したように、迅人がぱちぱちと両目を瞬かせる。怒りの出鼻をくじかれた表情でベッドの脇に佇む兄の手を掴み、峻王はぎゅっと強く握った。

「峻王……痛い」

食い込んだ爪に、迅人が抗議の声をあげる。しかし峻王は力を緩《ゆる》めなかった。

「おまえ以外はどうでもいい」

兄の目を見つめたまま、揺るぎない声音で低く告げる。

物心がついて以降、幾度も繰り返してきた言葉を、改めて言い聞かせるように。

「……おまえなぁ」

ややして、脱力したように迅人がはーっとため息を吐いた。手首を握り締める弟の指を一本ずつ引きはがし、拘束を解いてから、諦め顔でつぶやく。

「やっちゃったことはしょうがないけど、でももうこれ以上は立花先生に手を出すなよ。あの人、神経細そうだし、ああいう生真面目《きまじめ》なタイプは思い詰めると何をするかわからないぞ。あんまり追い詰めるな。——いいな？」

眉をひそめて釘を刺した迅人が「あ、そうだ」とひとりごちた。

「肝心の用件伝えるの忘れてた。父さんが話があるから母屋に来いってさ」


父から改まって呼び出されるなんてそうはないことだ。

何事かと訝しみつつ、迅人と連れだって母屋へ赴くと、部屋にはすでに先客の姿があった。

「峻王さん、おひさしぶりです」

ローテーブルを囲むように配されたアンティークの椅子のひとつに座る都築が、戸口に立つ兄弟に向かって一揖《いちゆう》した。都築の挨拶に軽くうなずき返してから、峻王は彼の横の椅子にどさっと腰を下ろす。迅人も峻王の左側の椅子に座った。

築百余年を数える母屋はほとんどの部屋が和風の造りだが、ここは石造りの暖炉を擁した洋間になっている。先々代の時代に没落華族の洋館の一間を、繊細な細工の壁紙や床板はもとより、シャンデリアからドアノブに至るまで、そっくりそのまま移築したものらしい。

三人がそれぞれの椅子に落ち着いた時、続きの部屋との間のドアが開き、父の月也が現れた。和装の痩身《そうしん》のすぐ後ろに立つのは、父の守護神・岩切だ。

岩切は、迅人と峻王の母の弟で、ふたりにとっては叔父に当たる。

音もなく静かに部屋を横切った月也が、三人と向かい合う位置に置かれた革張りの肘掛《ひじか》け椅子の背に手をかけた。この椅子は代々神宮寺家の家長のみに使用を許されており、それ以外の人間が使うことはできない。

父が腰を下ろすと同時に、岩切が定位置である右斜め後ろに立った。黒いスーツに身を包んだ百九十近い偉丈夫が背後に控えると、いよいよ父の痩身が際だつ。小柄で細身の兄はどちらかというと、この父に似ている。十五歳ですでに上背百八十を超えていた峻王の体格は、稀代《きたい》の博徒《ばくと》と謳《うた》われた亡き祖父譲りらしい。

峻王は、このひと月余りの間ほとんど離れに籠もっていたせいで、ひさしぶりの対面となる父に改めて視線を向けた。

艶《つや》やかな黒髪。面相筆ですっと刷《は》いたような柳眉《りゅうび》。眦《まなじり》が切れ上がった杏仁《きょうにん》型の双眸。繊細な鼻梁とうっすら赤い唇。それらのパーツが、白く小さな貌に絶妙なバランスで収まっている。

いつ見ても、我が親ながら神々しいまでに美しい。

下手に触れれば折れてしまいそうな華奢な体型と、大神組という任侠組織の代紋を担ぐ組長という肩書きとは、一見してとても結びつかない。

十八で結婚。迅人、峻王と続けて子を成し、二十歳《はたち》で最愛の妻を失った。

今年で三十五になったはずだが、微塵の衰えも感じさせないその容姿から、実際の年齢をはかれる人間はまずいないだろう。

(ここまでいくとマジでバケモンだな)

峻王が内心で舌を巻いていると、藍色の着物に身を包んだ年齢不詳の父が唇を開いた。

「今日はおまえたちふたりに話がある」

凜《りん》と透き通った声。けっして威圧的ではないのに、この声を聞くと自然と背筋が伸びるから不思議だ。

「話というのは、大神組に関することだ」

普段よりわずかに厳しい顔つきで、父が切り出した。

「本来ならこういった話はおまえたちにしたくはないのだが、岩切と都築と話し合った結果、今回ばかりは致し方がないと判断した」

たしかに、父が組関係の話を自分たち兄弟にするのはめずらしい。特殊な世界に身を置くがためにもめ事も数多くあるのだろうが、父はそれらを一切家族には語らずにきた。いずれ息子たちが組を引き継ぐ日が来るにせよ、今はまだ時期尚早と思っていたのかもしれない。

だが父に直接聞かずとも、屋敷に出入りしている組員たちから伝わる雰囲気で、今何が起こっているのかは薄々わかる。

「『東刃会《とうじんかい》』は知っているな？」

『東刃会』——言わずと知れた西日本最大のやくざ組織だ。関西圏を中心に、全国津々浦々に傘下団体を持つ。この十年ほどは関東圏への侵出も著しい。

「その東刃会から長年に亘《わた》って大神組は、系列に名を連ねろとプレッシャーをかけられてきた」

大神組は、現在ではめずらしい、いずこの系列団体にも属さない一本独鈷《どっこ》の任侠組織だ。その歴史は古く、博徒として一家名乗りを挙げたのは江戸の中期とも言われている。他組織との抗争、また内部抗争が絶えず勃発し、常に勢力地図が塗り替えられているこの世界において、ひとつの組織が数百年続いているのは希有なことだった。

その歴史の長さはすなわち、組織を束ねる代々のトップがすべからく統率力に優れていた証だとも言われてきた。

「つまり東刃会の手下になれってこと？」

「そうだ」

迅人の問いに、父の片腕であり『大神組若頭《わかがしら》』の岩切がうなずいた。

どうやら全国制覇を虎視眈々《こしたんたん》と狙う東刃会としては、関東随一の老舗ブランドが欲しいらしい。いまだどこの系列団体にも属さないことで名を馳《は》せる「あの大神組」が傘下に下ったとなれば、本格的な関東圏進出に際しての足がかりになるし、ライバル組織への格好のアピールになる。なおさら大神組が有する縄張りまで手に入るのだから一石二鳥だ。

「度重なる申し入れを、その都度なんらかの理由をつけて躱《かわ》してきたが、それも限界がきた」

そこでいったん月也が言葉を切り、一拍置いてから続けた。

「先日はっきりと親子盃《さかずき》の申し出を断った」

できれば、組長の父を筆頭に、岩切や都築といった幹部連中の思惑としても、西日本最大の組織を敵には回したくはなかったのだろうが。

「このことによって、早晩東刃会との関係が悪化することは間違いない。おそらくは今後、向こうは力ずくでうちを取りにくるだろう」

柳眉をかすかにひそめて父が告げた。

「抗争になるってこと？」

ふたたび迅人が尋ねる。

「今はまだそこまでの事態にはなっていないが、やつらは下手《したて》に出ていたのに袖《そで》にされたと相当に腹を立てているはずだ。このままでは沽券《こけん》にかかわると、いずれ必ずなんらかの報復行為に出てくる」

岩切の言葉を、こちらは父のブレーンで『大神組若頭補佐』の都築が引き継いだ。

「そこで我々からのお願いです。東刃会の傘下には、関東を本拠地とする武闘派組織がある。連中は手段を選ばないことで有名です。我々は全力を挙げて月也さんをお護《まも》りしますが、念のためにおふたりも身辺には充分に気をつけてください。できればしばらくの間、夜間は出歩かないようにお願いします」

「わかった」

神妙な面持ちで迅人がうなずく。返事をしない峻王を、月也がたしなめるように呼んだ。

「峻王、おまえはわかったのか？」

「チンピラのひとりやふたり、夜道で出くわしたところでどうってことねぇだろ」

嘯《うそぶ》いたとたん、厳しい顔つきで睨まれた。

「その過信が油断を招くこともある。おまえたちの身に何かあってからでは遅い。おまえたちの体は、おまえたちだけのものではないんだ」

黒曜石の瞳でじっと次男を見据え、言い聞かせるように命じる。

「しばらく夜は出歩くな」

「しばらくってどれぐらい？」

「私がいいと言うまでだ」

「…………」

「これは家長命令だ。わかったな？　峻王」

父の念押しに峻王は渋々とうなずいた。

「返事は？」

「だからわかったって」

舌打ち混じりに吐き捨てる。

叔父の岩切にも屈したことのない峻王が、この世で唯一頭が上がらないのが、自分よりずっと小柄な父だ。普段は物静かで、滅多に感情を露にすることのない父だが、ここぞという時には誰よりも容赦《ようしゃ》がなく恐ろしいことを、自分たち兄弟は子供の頃から身を以て教え込まれてきた。

そういった幼児期からの刷り込みのせいか、特に伝家の宝刀『家長命令』を出されると弱い。これが出るのは最後通告で、その次は問答無用で折檻《せっかん》だからだ。

(ま、それくらいじゃねぇと、やくざを束ねることなんかできないんだろうけどな)

「それが親に対する口のきき方か？」

双眸を細めた父が低く凄《すご》む。峻王は腹の中でめんどくせーとぼやきつつも、表面上は居住まいを改めた。

「……わかりました。夜は出歩きません」

「よし」

問題児を承諾させた月也が、視線を左手の出窓へ転じる。重たいドレープを描くカーテンの隙間から、月を見つめてつぶやいた。

「……月が満ちるな」

自分の部屋に戻った峻王は、テレビの前のソファにどさっと腰を下ろした。リモコンで電源を点ける。チャンネルを幾度か変えてみたが、少しでも興味をそそるような番組はやっておらず、「ちっ」と舌打ちをして電源を切った。腹立ちまぎれにクッションを床に蹴り落とす。

「くそっ」

そろそろ女が切れかかっているようで、飢餓《きが》感に神経が尖り、ピリピリしているのがわかる。だからといって、ついさっき釘を刺されたばかりで外に出るわけにもいかなかった。

学校の女たちは親と同居しているから、こんな時間の呼び出しに応じられるような心当たりはいない。ならばと街で逆ナンされたモデル、ヨガのインストラクター、下着輸入会社の女社長の順に携帯に連絡してみたが、どれも留守録に切り替わってしまった。

「どいつもこいつも使えねえ……」

携帯をローテーブルに投げ出し、イライラと髪を掻き上げる。

「……夜間外出禁止か」

今までの女たちはどれもこれも味に飽きていたから、本当ならそろそろ新しい女を狩りに出たかったのだが。

しばらくはこの調子で不自由するのかと眉根を寄せていて、ふっと昼間のセックスを思い出した。高校の副担任——立花。甘い体臭にそそられ、衝動的に男に手を出してみたが、案外いけた。眼鏡の下の意外なほどに端正な貌。濡れたように潤んだ黒い瞳。白くてなめらかな肌とスレンダーな肢体。自分の愛撫にたやすく溺《おぼ》れて乱れた、立花のエロティックな表情を思い出したとたんに飢餓感が増し、もう一度欲しくなる。正真正銘のバージンだった。冴えない数学教師が、吊しのスーツの下に、あんな淫らな体を隠し持っていることを、自分以外の誰も知らないのだ。

ソファから立ち上がった峻王は、大股にパーティションを回り込み、ベッドの上から立花の忘れ物を拾い上げた。ダサい色合いのネクタイを手に、ぺろっと舌なめずりをする。

あいつなら、明日学校に行けば会える。

自分の学校の教え子に——しかも十も年下の男子生徒に犯されてしまった。

神宮寺がシャワーを浴びている隙に取るものもとりあえず部屋を飛び出し、タクシーで自宅マンションに逃げ帰ってきた侑希は、部屋に入ってドアを閉めるなり、靴も脱がずに玄関前の廊下にうずくまった。フローリングに両手をついて、喉の奥から苦しい呻《うめ》き声を零す。

とりあえず暖房のあるリビングへ移動したほうがいい。こんな寒い場所にいたら風邪を引く。頭ではわかっていても、神宮寺の屋敷から逃げ出すことで最後の気力と体力を使い果たしてしまったようで、体が動かなかった。

肉体的にきついのもあったけれど、より精神的なダメージが大きい。

(な…んで?)

自分で自分がわからない。理解できない。

縛られ、むりやり体を開かされ、男の欲望で穿たれて――そんな屈辱的なシチュエーションで、あろうことか快楽を覚えてしまった自分が。

凌辱《りょうじょく》と言ってもいい行為のはずなのに、感じてしまった自分が。

神宮寺を体内に迎え入れ、彼を締めつけるようにして何度も達した自分が。

「くそっ」

吐き捨て、フローリングの床を右手の拳で叩いた直後、脳裏に自分が放った淫らな嬌声が蘇ってきた。

――ひ……あ、熱…い……中っ。

自分を犯すしたたかな質量に喘ぎ。

――も……だ、め……いかせ、てっ。

涙混じりに懇願し。

――あ…っん、い……いく、い――っ。

あられもない嬌声をあげて達した。たしかにあの時、自分の体は快楽を得ていた。

しかも、今まで味わったことのないほどの悦楽を。

そして、それはおそらく神宮寺にも伝わってしまったに違いない。

打ちのめされた気分で、目を閉じてぐったりと伏せていると、内股にとろっとした濡れた感触が伝わってきた。

「………っ」

それが何であるかに思い当たった侑希の肩が、ぴくっと揺れる。

「あ………」

神宮寺が放ったものが、体の奥から流れ出てきたのだ。ジェルと精液が入り交じった生あたたかい液体が太股の内側を伝い落ちるにつれて、胃の奥からぐぐっと吐き気が込み上げてくる。

(気持ち……悪い)

眉をきつく寄せ、口許を押さえて起き上がった。軋む腰を庇いつつ、目の前のトイレに飛び込んだ。便器に顔を突っ込んで吐く。

「う、……うぁ……うっ……げっ」

苦しくて辛くて、涙が出た。便座にしがみつき、何度かにわたって嘔吐《えず》く。胃の中のものをすべてリバースしてから、肩で息を整えた。

「はぁ……はぁ……」

それでも胃を空にしたことで、若干体が楽になった。ようやく頭が働き始め、何をすべきかがわかる。

「シャワー……浴びなきゃ……」

風呂場で体の中のものを出さなければ。

自分で掻き出すのかと思ったらげんなりしたが、だからといって放っておいたら、何やらすごいことになりそうでそれも怖かった。それにとにかく、今のままだと股の間がぬるぬるして気持ち悪い。

のろのろと立ち上がった侑希は、トイレを出て浴室へ向かった。後ろ手に縛られていたせいで両腕が重だるかったけれど、なんとか衣類を脱いでバスルームに入る。カランを捻ってシャワーの湯加減を調整してから、タイルの壁に手をつき、上空から降り注ぐ水流に頭から打たれる。

体があたたまってきた頃合いを見計らい、そろそろと右手を後ろに回し、尻の狭間《はざま》を指先で探った。お湯がぴりっとしみて顔をしかめる。そっと触ってみると、そこがじんわりと熱を持って腫れている気がした。

（……あれだけ容赦なく何度も突っ込まれたんだもんな）

乾いた笑いを漏らし、なかば自棄《やけ》気味に中指を窄まりに突っ込んだ。

「……っ……っ」

奥歯を噛み締めながら、中からどろっとした液体を掻き出す。左手でシャワーヘッドを掴み、水流を押し当てて流した。完全にぬめりが無くなるまで、執拗《しつよう》にお湯をかけて流す。さらに頭から脚の指の間まで、全身をすみずみまでソープで泡立て、情事の痕跡をすべて丹念に洗い流した。そこまでしてやっと気が収まって浴室を出る。脱衣所では、脱ぎ散らかしてあった衣類をまとめて紙袋に入れた。いっそ捨ててしまいたかったが、スーツの値段を考えて思いとどまる。吊しとはいえ教師の薄給には応える出費だ。これは明日クリーニングに出そう。

ジャージ素材の部屋着を着込み、リビングの暖房をつけたら、当面のやるべきことはなくなってしまった。胃には何も入っていないはずだが、食欲は皆無だったのでキッチンへは近寄らず、頭からバスタオルを被ってソファに腰掛ける。座面に足を乗せて膝を抱えた。

これからどうしよう。

教え子に襲われたなんて……誰にも言えない。主任にも言えない。

警察に相談したところで、相手は未成年者。そのうえ「男なのに男子生徒に犯された教師」と奇異な目で見られ、恥をかくのは自分だ。法に訴えてマスコミに晒される勇気は端《はな》からない。

となれば今日のことは野良犬に噛まれたと思って忘れるしかない。泣き寝入りするのは悔しいけれど。

明日、主任に「自分には荷が重すぎる」と告げ、神宮寺の担当を別の誰かに変えてもらおう。それで学園の上層部からの心証が悪くなってももういい。もとより出世など縁のない身だ。かえってこれで踏ん切りがつく。

とにかく、もう二度と、絶対にあの屋敷へは足を踏み入れたくない。

そうだ。どうせ神宮寺は学校に来ないのだから、こっちから本郷にさえ赴かなければ、顔を合わせることもないはずだ。

今後の身の振り方を決めてしまうと、ほんの少しだけ気持ちが楽になった。

忘れよう。今日のことはなかったことにしよう。記憶から抹消しよう。

幸い男だから妊娠する心配はないし……と自分を慰めかけて、はっと息を呑む。

そっちは大丈夫でも、ＨＩＶの懸念があったことに気がついたのだ。あれだけ女を取っ替え引っ替えしている神宮寺がキャリアでないという保証はない。

せっかくやや持ち直していた気持ちが急降下して、またずーんと沈み込む。

もし、万が一にも神宮寺がＨＩＶキャリアだったとしたら、ゴムもつけずにアナルセックスした自分は感染してしまった可能性が高い。

そんな安っぽいドラマの筋書きみたいな展開……まさかと思いながらも黒い懸念がじわじわと募ってきて、胸がドキドキと早鐘を打ち始める。拭い去れない不安がどんどん大きくなり、居ても立ってもいられなくなった侑希は、ついにソファから立ち上がった。

検査に行かなきゃ。でも、行きたくない。検査の結果、もし本当に感染していたら、立ち直れない。嫌だ。行きたくない。でも行かなきゃ……。

堂々巡りの思考をぐるぐると巡らせながら、リビングを行ったり来たりとうろうろした挙げ句、キッチンまで行ってストック棚の扉を開ける。たしか、一昨年《おととし》の暮れに大学時代の恩師から、お歳暮の返礼にいただいた赤ワインがあったはず。

「……あった！」

下戸《げこ》なので、来客用にとキープしておいたのだが、結局そんな機会もなく、戸棚の奥に眠らせてあったのだ。酒屋の粗品でもらったオープナーでコルクを抜き、ワイングラスはなかったので、普通のコップに赤い液体をなみなみと注ぐ。

一口呑んで、げほっとむせた。呑み慣れないから、美味しいのかまずいのかもわからない。ただアルコール度数が高いことだけはわかったので、鼻を摘《つま》んで呷《あお》った。喉がひりひりと焼けたけれど、我慢して一気に流し込む。

一分でも一秒でも早く、酔っぱらって意識を失ってしまいたかった。

もう、何も考えたくない……。


翌日は激しい頭痛で目が覚めた。

頭が割れそうにガンガン痛む。胃痛持ちではあるが、頭痛は滅多にしないので、こんな痛みは初めての経験だ。

これが巷《ちまた》で噂に聞く二日酔いというものなのか。

昨夜の記憶は三杯目のワインを呑み干したところでぷっつりと途切れている。気がついたら朝で、なぜかちゃんとベッドの中だった。どうやら無意識のうちにも寝室へ移動したらしい。

だが、おかげで風邪は引かずに済んだようだ。

熱い風呂に入ってトマトジュースを呑んでみたが、果たして効果があるのかどうか。

頭痛に加え、これもまた慣れない体の節々の痛みと闘いながら身支度をして、いつもより三十分ほど早めに家を出た。昨日は精神的にも肉体的にも、とてもじゃないが予習ができるコンディションではなかったので、学校に着いてから今日の授業の準備をするつもりだった。

通勤電車に揺られている間も、ふとした瞬間に重いため息が口から零れ落ちる。

これから学校で近藤主任と話すのかと思うと気が重かった。

昨日のことをあれこれ追及されたら、上手く躱しきれるだろうか。

だが、どんなに問い質《ただ》されても、絶対に本当のことを話すわけにはいかない。

(そんなことをしたら身の破滅だ)

吊《つ》り革を摑む手をぎゅっと握った。

まだ昨日の衝撃から完全には立ち直れていない精神状態で、さらに生まれて初めての二日酔いというダメージまで背負い込んだ侑希は、重い足取りで学校の門をくぐる。

職員室の自分の席でスーツの上着を脱ぎ、シャツの上にカーディガンを羽織っていると、隣席の英語担当の女性教諭に声をかけられた。

「おはようございます。立花先生、どうしたんですか？　顔色悪いですよ」

侑希よりだいぶ年上の彼女は、本気で心配そうな表情をしている。

「おはようございます。なんだかちょっと風邪気味みたいで……」

「そうなんですか。今年の風邪は長引くみたいだから、お大事に。生徒に移さないように早めに治してね」

「ありがとうございます。気をつけます」

適当に誤魔化《ごまか》したあとで、そんなに顔色が悪いのかと気持ちが滅入った。

(主任に何かあったと気がつかれてしまうかも……)

できれば保健室で少し休みたかったが、生憎と今日は一時限目から授業がある。

あわただしく授業の用意をし、一―Aの教室へ向かった。

前方のドアをスライドさせて教室内に入り、いつものように俯き加減に教壇へ登る。抱えていた教材を教卓の上に置いて顔を上げた侑希は、次の瞬間びくっと肩を震わせた。

「……っ」

整然と並んだ生徒たちの中に、予想外の顔を見つけたからだ。

じ、神宮寺!!

なんの気まぐれか、教室の最後列の窓際に、今一番顔を見たくない男が座っている。例によって椅子の背もたれにもたれ、胸の前で腕を組んだ、不遜なポーズ。

実に約一ヶ月半ぶりの登校。

しかも一時限目から登校しているなんて、入学以来初めてかもしれない……。

詰め襟の学生服姿を見て、改めてこのふてぶてしい男が十六歳なのだと思い知り、背中にじわっと嫌な汗が浮き出た。

(な、なんで?)

なんで今日に限って登校してくるんだ？　なんでっ!?

胸の中の絶叫が聞こえてでもいるかのように、くっきりと濃い眉の下の漆黒の瞳が、まっすぐこちらを見つめてくる。その射貫くみたいな強い眼差しと視線がかち合った刹那、ドクンッと鼓動が跳ねた。封印したはずの、昨日の忌まわしい記憶が蘇ってきて……。

「………」

押し負けるように神宮寺からじわじわと視線を逸らし、教壇に立ち尽くしていた侑希は、自分に向けられた生徒たちの訝しげな視線ではっと我に返った。いけない。――授業中だ。

持ち上げる。

（しっかりしろ！）

己を叱咤し、内心の動揺を懸命に抑え込んで無表情を作った。震える指先で眼鏡のブリッジを
「……じゅ、授業を始めます」

カラカラに干上がった喉からどうにか声を絞り出し、くるっと体を回転させて黒板に向かった。

とりあえずチョークを握り締める。真っ白な頭で三十秒ほど呆然と黒板を眺めてから、漸《ようよ》う本日
の授業の内容を思い出し、数式を綴《つづ》り始めた。けれど板書している間も、背中に神宮寺の視線を
感じる気がして落ち着かない。

絶えず突き刺さるような視線を浴びつつ、「文字が読みづらい」、「黒板の字を消すのが早い」

など、普段ならあり得ないミスを何度も生徒に指摘されながら、それでもなんとか四十五分の授
業を終えた侑希は、逃げるように教室を出て職員室に戻った。

（……っ、疲れた）

自席に腰を下ろしてぐったりと放心していると、ぽんと肩を叩かれる。

「立花くん」

癖のあるしゃがれ声。こわごわ振り返った背後に、満面の笑みの近藤が立っていた。

「……主任」

「聞いたよ。彼、朝から来ているってね。きみの説得が効いたんじゃないのか？」

でっぷりと突き出た腹を揺すって、近藤がにんまりと笑う。

「よくやった」

ご満悦な表情で誉《ほ》められても、引きつった顔しかできなかった。

「引き続き、よろしく頼むよ」

労《ねぎら》うようにもう一度肩をぽんぽんと叩いて、近藤がのしのしと立ち去っていく。

「…………」

その後ろ姿を見送りつつ、しばらくの間魂の抜けた表情でぼんやり宙を見つめていた侑希は、突然「あっ」と声を出した。あわてて腰を浮かせて周囲を見回しても、すでに職員室の中に近藤の姿はない。

担当を変えてくださいと頼むつもりだったのに、言い忘れた。神宮寺を学校に来させるまではやったので、ここから先は不登校の生徒の扱いに慣れたベテランの先生に引き継いでもらって欲しい。――そう申し出る、絶好のタイミングだったのに。

千載一遇の機会を逸してしまった。今から追いかけていって頼んでも、「せっかく労ってやったのに何をいまさら」と、むっとされるのがオチだ。

がっくりと椅子にへたり込んで頭を抱える。

「……馬鹿」

身も心もぼろぼろの状態で、どうにかこうにか午前中の授業を終える。あとは午後に職員会議に出れば、今日のノルマは終わりだ。

昼休みになっても食欲がまったく湧かなかった侑希は、職員室を出て保健室へ向かった。一時間でいいから、静かな場所で横になりたかった。

南校舎の一階の廊下を、重だるい腰を庇いながらとぼとぼと歩いていると、いきなり後ろから片腕を掴まれる。ぐっと後ろへ強く引っ張られ、むりやり振り向かされた視界に、問題児の不敵な美貌が映り込み、ひっと悲鳴をあげた。

「じ、神宮寺っ!?」

「ちょっとつきあえよ」

「何す……ッ」

抗議の言葉の途中で、さらに強く腕を引かれ、引きずるようにして廊下を歩かされる。

「やだっ……放せっ」

侑希の抗いを歯牙《しが》にもかけずに神宮寺は大股で歩き、ほどなく現れた『社会科準備室』とプレートの貼られた部屋のドアをガラッとスライドさせた。資料や本が詰まった書棚が壁面にずらりと並ぶ室内には人の気配がなく、ブラインドが閉じられているせいで薄暗い。

ぐいっと中へ引き込まれ、さらにもっと奥へ行けとばかりに、どんっと背中を押された。押された勢いでよろよろとたたらを踏んでいる間に、カチッという施錠音が背後から聞こえてくる。

その音にばっと振り返った侑希は、自分に近づいてくる長身の生徒をきっと睨みつけた。

「こ、こんなところへ連れ込んで、どうする気だ?」

だが、怒鳴りつけたつもりの声はみっともなく上擦っている。

自分の不甲斐《ふがい》なさに唇を噛み締めていると、残り一メートルの距離で足を止めた神宮寺が、はるか上空から傲慢な眼差しを向けてきた。

「あんた、昨日さ」

昨日——という単語にぴくっと反応する。

「なんの挨拶もなしに帰っちまうんだもんな。仕方ねぇから早起きして、ひさびさ学校来ちまったよ」

「……………え？」

自分のため？　自分に会うために、わざわざ登校してきたのか？

思いがけない告白に驚愕《きょうがく》する侑希の前で、神宮寺が制服のポケットから何かを取り出した。

「忘れ物」

その手に握られた、見覚えのある細長い布にゆるゆると瞠目《どうもく》する。

「そのネクタイ……」

「そうだ。先生、あんたのだよ」

ほらと差し出され、反射的に受け取る。昨日は逃げ出すことだけで精一杯で、ネクタイを部屋に忘れたことすら気がついていなかったから、今の今までその存在を失念していた。

我ながら冴えない色合いのネクタイを眺めているうちに、これを使って両手を縛られた自分の屈辱的な姿と、その後のあられもない痴態がまざまざと脳裏に蘇ってくる。

脚を大きく開かされ、硬い凶器をいっぱいに突き入れられて揺さぶられ——生まれて初めて知る官能にむせび泣きながら、何度も達した自分。

——ひ……あ、熱……い……中っ。

——も……だ、め……いかせ、てっ。

「あんた、今、昨日の俺とのセックスを思い出してただろう？」

不意に落ちてきた声に、覚えず肩が揺れた。

「な、何言って……っ」

「だって、すげーエロい顔してたぜ？」

図星を指され、カーッとこめかみが熱くなった。狼狽《うろた》えて顔を背けると、二の腕を摑まれる。

はっと視先を振り向けた先に、自分を見つめる飢えたような熱っぽい瞳を認め、本能的な恐怖を覚えた侑希は身を捩った。

「放せっ！　放さないと人を呼ぶぞ！」

「俺は別に構わないけど？　ギャラリーの前であんたとやったって」

身の毛もよだつ恐ろしい発言にひっと喉が鳴る。

「ケ……ケダモノッ」

侑希の罵声に肉感的な唇を歪ませた峻王が、じりじりと顔を近づけ、耳殻に囁いた。

「俺がケダモノなら、あんたは俺の獲物だ」

吐息混じりの低音にぞくっと背筋がおののく。神宮寺の大きな手で摑まれている部分から、ゆっくりと、痺れるような熱が全身に広がっていくのを感じて、侑希は眉根をきつく寄せた。

どんなに心が拒絶しても、体は昨日の快感を覚えてしまっている。

男に貫かれることによって得た禁忌の快楽を――。

(嫌……だ)

条件反射で反応してしまう自分が怖くて、侑希は神宮寺の手をぱしっと振り払った。学生服の長身をどんっと突き飛ばし、一歩後ずさって叫ぶ。

「なんで俺なんだ!?　きみならどんな相手だって選び放題だろう?」

全力で押したのにほとんど身じろぎもせず、神宮寺が肩を竦めた。

「まぁな」

否定しないところが腹立たしい。

「じゃあなんで!?」

「今までのどの女よりあんたの体がよかったから」

「よ、よかった……から!?」

あんまりな理由に侑希は絶句した。

体がよかったなんて……そんなことを言われても、全然、まったく嬉しくない。

「喜べよ。かなりの誉め言葉だぜ、これって」

押しつけがましい物言いに、くらっと目眩がした。昨日もそうだったが、話がまったく嚙み合わない。宇宙人と話しているみたいだ。

まるでちぐはぐなコミュニケーションに疲労感を覚えつつも、これが問題児を改心させる最後のチャンスかもしれないと思い直して、侑希は真摯《しんし》な口調で問いかけた。

「きみは……好きな女の子とか、彼女とか……いないのか？」

「彼女？」

真剣な問いかけを鼻でせせら笑った神宮寺が、長めの髪を雑に掻き上げる。

「そんなもん作ったら束縛されてうざいだけだろ？　他の女ともできねぇし」

……この男。本気で最低だ。

「ま……こいつだけは俺が護るっていう、大切な相手ならいるけどな」

その答えに、ただでさえふつふつと煮立っていた腹の中が瞬間沸騰《ふっとう》する。

そんな大切な相手がいるのに、取っ替え引っ替えいろんな女とやりまくっているのか！

「なんてやつ！」

吐き捨て、握り締めた拳を憤怒に震わせていると、いきなり腕が伸びてきて右肩を摑まれる。

あっと思った時には体を裏返され、壁際のスチール書棚に押しつけられていた。すぐに後ろから神宮寺が覆い被さってくる。ばんっと両手をついた男の腕に囲い込まれる形で、侑希は拘束されてしまった。

「退けっ！」

大声で叫び、腕の中から逃れようと暴れる。すると、耳許に昏い囁きが落ちた。

「あんまり騒ぐと外に聞こえるぜ？　いいのか？」

神宮寺の胸に密着した背中がぴくっと震える。

「昨日のこと、誰にもバラされたくないんだろう?」

「……っ」

昨日のことを誰かに知られたら……そんなことになったら身の破滅だ。

侑希の怯《おび》えを感じ取ったように、神宮寺が重ねて低く囁いてきた。

「だったらおとなしくしていろよ」

卑怯《ひきょう》な脅しに奥歯をくっと噛み締めた直後、カーディガンの裾からすっと手が忍び込んでくる。胸のあたりをシャツの上から指の腹で擦られて、侑希は戸惑いの声をあげた。

「な、……何?」

なぜそんなところを触るのか、意図がわからずにびっくりしている間にも、神宮寺の指は小さな突起を布の上からさすり続ける。眉をひそめ、くすぐったいような感覚に耐えていると、やがてシャツの布地に擦れた胸の先端が、うずうずと疼き始めた。

ぴりぴりと痺れるみたいなむず痒さに、思わず「やっ」と身を捩る。

「ほんと感度いいな、先生」

含み笑いで神宮寺が言った。

「乳首、感じるんだ?」

乳首が感じる?　そんな……男なのにそんなわけがない。

「ち、ちが、うっ」

ふるふると首を横に振った。

「だって、もう硬くなってるぜ？」

「う、そだ」

「嘘じゃない。ほら、女みたいに先が硬くなって……つんと勃ってる」

ひそめた声で耳許に囁きながら乳首を摘まれた刹那、そこからぴりっと甘い電流が走って、びくんっと全身が跳ねる。

「あっ……」

とっさに感じている声が出てしまい、あわてて唇を噛んだ。

まさかそんなわけが……と否定するそばから弄られた乳首がじんじんと疼く。なおさら、胸の刺激で下半身が反応しかけていることに気がつき、愕然《がくぜん》とした。

(信じ……られない)

二十六年間、その存在すら意識していなかったパーツを、ほんの数分で性感帯へと開発されてしまった。自分の体が神宮寺によって変えられつつあることを赤裸々《せきらら》に思い知らされ、怖くなる。

しかも学校で、こんなこと。駄目だ。いけない。

校内で生徒と教師が淫らな行為をするなんて許されない。こんな現場をもし誰かに見られたら……そう思っただけで、額の生え際にじわっと冷たい汗が浮く。

外に声が漏れるのが怖くて、身を固くして声を殺していると、神宮寺が胸から手を離した。ほっとする間もなく下へ滑り落ちた手が、ベルトを乗り越え、スラックスの前立てで止まる。ちり

ちりとファスナーを下げた指が、下着の中に忍び込んでくるなり、乳首への刺激ですでに反応しかけていた欲望に絡みついた。骨張った長い指で急所を握り込まれ、息を呑む。

「やっ、やめ……っ……」

思わず声が飛び出たが、神宮寺の手は離れない。狭い布地の中では逃げ場がなく、諾々といいように嬲られるしかなかった。

硬い手のひらで強弱をつけて捏《こ》ねられ、敏感な裏の筋をやさしく撫で上げられて……。

「んっ……ふ、う、——んっ……」

「すげ……もう、濡れてる」

先端の浅い切れ込みからじゅくっと先走りが漏れたのが自分でもわかって、目の前が暗くなった。教え子の手管《てくだ》にあっさり陥落してしまう自分の不甲斐なさに涙が込み上げてくる。

「もう、許して……くれ」

緩慢にかぶりを振り、涙声で懇願した。

「駄目だ。俺が満足するまでは許してやらない」

残酷な拒絶と同時に、背後の神宮寺がぐっと体重をかけて覆い被さってくる。

張り詰めた硬い筋肉、首筋の熱い吐息、鼻孔《びこう》をかすめる雄の体臭——下半身の熱い昂《たかぶ》りを腰に感じて、全身から力が抜け落ちた。ぐずぐずと頽《くずお》れかけた体を強い腕に支えられる。

「先生……あんたの匂いが俺を駆りたてるんだよ」

欲望に濡れたかすれ声で囁かれ、耳朶《じだ》にくっと歯を立てられた瞬間、自分が本当に神宮寺の獲物になったような気がして、侑希は小さく震えた。

4

学校で生徒とセックスしてしまった……。

しかも書棚に手をつき、立ったまま後ろから貫かれ、ガクガクと揺さぶられて。

かろうじて残っていた理性で声は噛《か》み殺したけれど、こんなところでいけないと思うほどに体が熱くなって——突き上げられるがままに腰を揺らして乱れてしまった。

最後は乳首と前と後ろと、三箇所を同時に責められてよがり啼《な》きながら、神宮寺《じんぐうじ》の手のひらに快感の証の白濁を吐き出した。

明らかに背徳の行為で感じたという証を……たっぷりと。

(信じられない)

一体、自分はどうしてしまったんだ。自分の体はどうなってしまったんだ。なんでコントロールがきかないんだ。

いくら脅されたからってあんなにやすやすといいようにされてしまうなんて、真っ昼間に神聖なる学舎《まなびや》で教え子と動物みたいに交わるなんて……あり得ない。

侑希《ゆうき》はおこりのような震えの止まらない自分の体を、ぎゅっと両腕で抱き締めた。

——俺がケダモノなら、あんたは俺の獲物だ。

布団を頭まで被《かぶ》り、ベッドの中で丸くなっていると、昏《くら》い囁《ささや》きがフラッシュバックしてくる。

この二日間、頭の中で何度も何度もリフレインしてきた台詞《せりふ》。

——先生……あんたの匂いが俺を駆りたてるんだよ。

欲望に濡《ぬ》れたかすれ声。飢えた獣のような眼差《まなざ》し。

神宮寺……。なんであいつは、ああも見境がないんだ。なぜ、ところかまわず発情するんだ？

本能だけで生きている動物のような男に、衝撃を超えて空恐ろしさを覚える。

怖い。このままだと本当に、自分の人生はあのケダモノに滅茶苦茶にされてしまう。

今回はたまたま社会科の教師が戻って来なかったから助かったけれど、今後もこんなことが続いたら、いつか絶対に誰かに見られる。

——俺は別に構わないけど？　ギャラリーの前であんたとやったって。

そもそも神宮寺には隠そうという頭がないのだから。もしばれたら、そんなことになったら身の破滅だ。教師生命どころか、社会的にも抹殺されてしまう。

『有名私立高校の男性教諭が男子生徒と構内で淫行』——格好のスキャンダルのタネだ。マスコミも大喜びで食いつくに違いない。もちろん学校はクビ。教員免許も剝奪《はくだつ》され、路頭に迷い……下手《へた》をすればこっちが淫行罪で捕まる。何せ相手は未成年。しかも十六歳だ。こっちが襲われたのだと訴えて通るかどうか。裁判で負ければ前科がつく。

その後の自分の転落を想像して、侑希は大きくぶるっと身震いした。

なおさら、自分は『大切な誰か』の身代わりなのだ。

――こいつだけは俺が護《まも》るっていう、大切な相手ならいるけどな。

神宮寺にとって、自分とのセックスは、ほんの気まぐれの暇つぶしでしかない。女に飽きたから、たまたま側《そば》にあったちょっと変わった味のものをつまみ食いしてみた、という程度の遊び。まさに猫が慰みに鼠《ねずみ》を嬲《なぶ》るがごとく。

そんな気まぐれのために、地道に堅実にコツコツと上ってきた人生の階段を、ここで踏み外すのは嫌だ。

（嫌だ。嫌だ……）

二日連続で神宮寺とセックスしてしまった翌日から、『風邪のための体調不良』を理由に侑希は学校を休んでいた。とても授業ができるような精神状態ではなかったからだ。神宮寺と顔を合わせるのが嫌だったせいもある。

この二日はずっと、暗くした寝室のベッドの中で蓑虫《みのむし》のように丸まって過ごした。ストレスからか胃がシクシクと痛んで食べ物を受けつけなかったので、丸まる二日間ペットボトルの水しか呑《の》んでいない。トイレに行く以外は寝室から一歩も出なかった。風邪の引き始めみたいに体が重だるくて、部屋の中を歩き回る気力も湧《わ》かなかった。

けれどそんな半病人状態でベッドの中にいても、頭だけは変に冴《さ》えていて、脈絡のない順番で映像や声――大抵が神宮寺と自分だが、たまに近藤《こんどう》主任、神宮寺迅人《はやと》、二年の女生徒、都築《つづき》や岩《いわ》切《きり》が入れ替わり立ち替わり現れ――彼らの断片的な台詞が映画の予告編のように流れ続けて、眠ることはできなかった。かといって睡眠導入剤代わりのアルコールは胃が受けつけない。たまに一瞬うつらうつらとしても、すぐに悪夢にうなされて目が覚める。そういう時は必ず、全身にびっしょり寝汗を掻《か》いていた。

ほとんどまともな睡眠も栄養も摂《と》らないままに二日目も終わろうとしていた――深夜近く。

不意にチャイムが鳴った。

ピンポーン、ピンポーン、ピンポーン。

立て続けに三回。無視していると、まるで居留守を使っているとわかってでもいるように、ドンドンドンとドアが叩《たた》かれる。明らかに近所迷惑な大きな音だ。侑希は眉をひそめ、もぞもぞと布団の中で身じろいだ。

ガチャガチャガチャッ。

今度はドアノブを摑《つか》んで回している。しつこいやつだ。こんな夜中に訪ねてくる人間の心当たりもなかったが、この調子で延々とやられたら、今に隣り近所から苦情が来る。

「……くそ」

渋々と布団から頭を出し、のろのろと這《は》い出した。ベッドから起き上がろうとして、くらっと立ちくらみに襲われる。ずっと食べていなかったのと寝不足とで、足許が覚束《おぼつか》なかった。ふらつく足取りで寝室を出て、壁を伝いながらどうにか玄関まで辿《たど》り着く。裸足《はだし》でタイルの三和土《たたき》に降り、ドアスコープを覗《のぞ》き込んだが、ぼんやりとした輪郭《りんかく》しかわからなかった。その段でようやく、自分が眼鏡をかけていないことに気がつく。裸眼でも家の中で過ごす分には問題ない程度の視力なのだが、レンズ越しのせいか余計にぼやけて見えるようだ。仕方なく声で確かめた。

「どなた様……ですか？」

丸二日誰とも話していなかったのと、腹に力が入らないせいで、息の抜けたかすれ声が出る。

「先生？」

聞き覚えのある声の応答にびくっと肩が揺れた。

（ま、まさか）

否定したかったけれど、この二日の間に何度も脳内でフラッシュバックした声は、記憶中枢にこびりついている。

「神…宮寺……？」

「ドア開けろよ」

（やっぱり――――！）

扉越しに凄《すご》むような低音が聞こえた瞬間、どっ、どっ、どっと心臓が暴れ出す。

「ど、どうしてここが……っ」

「調べた」

あっさりと返ってきた答えに血の気が引いた。わざわざ住所を調べて自宅にまで押し掛けてくるなんて！　気まぐれに自分を嬲ったはずの男の、予期せぬ行動に両脚がぶるぶると震え出す。

「開けろよ。早く」

苛立《いらだ》った声の命令に、無意識にも首を左右に振りながら、侑希はじりじりと後ずさった。怖かった。家庭訪問に来た教師をいきなり押し倒したり、学校でセックスを強要したり、夜中に突然押し掛けてきたり——神宮寺の言動は、常に自分の予想の範疇《はんちゅう》を超えている。

ほどなく壁に背中が当たって進退窮まったところで、ふたたびドアが叩かれ始めた。

ドンドンドン！

「開けろ！　じゃねぇと蹴破るぞ」

言うなり本当にガンッとドアを蹴る音が聞こえてきて、ひーっと両手で耳を塞《ふさ》ぐ。廊下にうずくまって震えていたら、突然リビングの電話のベルが鳴り出した。

ピロロロロロッ、ピロロロロロッ、ピロロロロロッ。

おそらくは苦情の電話だ。

(出たくない！)

耳を塞いで聞こえない振りをしていたが、根比べのようにいつまでも、いつまでも鳴り続ける。

神宮寺もドアを蹴り続けている。両方から責め立てられて、頭がおかしくなりそうだった。

「……留守です……留守ですから」

ピロロロロロッ、ピロロロロロッ、ピロロロロロッ。

「いないって……言ってるのにっ」

出なければ、永遠に鳴り続ける気がした。いっかな鳴りやまないベルの執念に追い立てられるみたいに、よろよろと立ち上がる。夢遊病患者のような足取りでふらふらとリビングまで行って、侑希はおそるおそる親機の受話器を持ち上げた。

「いい加減にしてよっ！」

案《あん》の定《じょう》、耳に当てるなり、電話口からヒステリックな女性の怒鳴り声が聞こえてくる。

「何時だと思ってるの!?　年寄りが起きちゃうじゃない！」

右隣りに住む四十代の女性の声だった。たしか病気の母親と二人暮らしで、彼女は看護師をしているのだと、一年前、引っ越しの挨拶《あいさつ》にきた時に言っていた。自分が夜勤に出ている間にもし何かあったら連絡をくださいと頼まれ、電話番号を交換していたのだ。

「廊下で騒いでる男、どうにかしないと警察呼ぶわよっ」

「す、すみませんっ。今、静かにさせますからっ」

穏やかそうな印象を持っていた女性に、殺気立った声でどやしつけられ、思わず半泣きで約束してしまう。クレームの剣幕に背中を押されるようにあたふたと玄関まで駆け寄った侑希は、鍵を回してドアを十センチほど開けた。

「静かにし…っ」

みなまで言い終わる前にぐいっと扉が外に大きく開かれ、問答無用といった勢いで神宮寺が室内に入り込んでくる。細身のダウンジャケットにアーミーカーゴパンツといった出《い》で立ちの神宮寺が、ドアを背に、底光りする凶暴な目つきで侑希を見下ろした。

「病気なのか？」

険しい顔つきで問いかけられても、一瞬、なんのことだかわからなかった。やがて、学校を休んだ理由を訊《き》かれているのだと気がつく。

って、まさか、心配して訪ねてきたのか？

驚きのあまりに、へどもどとつぶやく。

「ぐ、具合が悪くて……」

「どこがどう悪いんだ」

すかさず突っ込まれて返答に詰まった。さすがに、おまえに会いたくないからずる休みしたとは本人には言えない。じわじわと目を逸《そ》らし、ぼそぼそと答えた。

「か、風邪だよ。でも、もう治ったから……明日からは学校へ行くつもりだ」

「…………」

「だから時間も遅いし……きみはもう帰りなさい」

だが、神宮寺は不機嫌そうに眉をひそめたまま侑希を見下ろし、動こうとしない。狭い玄関の中で、上空からの強い視線を浴びているうちに、侑希の唇がわなわなとわななき始めた。泣き顔を見られたくなくて、片腕で顔を覆う。教師らしく振る舞うのも限界だった。

「頼む……もう、俺に構わないでくれ」

弱々しい『お願い』を、しかしすげなく却下される。

「駄目だ」

「………っ」

肩を揺らしたあとで、侑希は顔を振り上げた。自分を高みから睥睨《へいげい》する漆黒の冷たい瞳。傲慢《ごうまん》なまでに美しい若者を見上げ、縋《すが》るように言い募った。

「お願いだ。助けてくれ……勘弁してくれ」

プライドをかなぐり捨てて懇願したのに、神宮寺はつれなかった。

「駄目だ。あんたは俺の獲物だからな」

「獲…物？」

「俺があんたに初めてマーキングしたんだから、あんたは俺のモンだ。そうだろ？　先生」

甘ささえ漂う昏い声でそう囁いて、肉感的な口許に不敵な笑みを浮かべる。

「そ…んな……」

マーキングだと？　強引に奪っておいて……そんな勝手な言い種《いぐさ》。

けれど、どんなに理不尽だと憤《いきどお》ったところで、理屈が通じない相手ではどうしようもない。説得も懇願も、この男には意味を成さない。

一切の慈悲の心を持たない『若き暴君』を見上げながら、侑希は身のうちに仄暗《ほのぐら》い絶望がひたひたと込み上げるのを感じた。

この男の体には、生まれながらに極道の血が流れている。

それも何代にも亙《わた》って受け継がれ、凝縮された、本物の博徒《ばくと》の血が。

荒ぶる極道のＤＮＡが――この男の魂に脈々と刻み込まれているのだ。

無力な人間を力で組み伏せ、平然と踏みにじる。一度食らいついた獲物は、骨の髄までとことんしゃぶり尽くす。そんなやくざの予備軍に、ついには自宅まで知られてしまった。自分には、もう本当に逃げ場がないのだ。

帳《とばり》が下りたかのようにふっと目の前が暗くなった。追い詰められた自分を痛感し、蒼白な顔で立ち尽くしていると、神宮寺がゆらりと近づいてくる。

「先生」

伸びてきた右手で二の腕を掴まれて、ぞっと背筋に戦慄《せんりつ》が走った。

(このまま……また犯されるのか)

屈辱的な体勢を強《し》いられ、むりやり体を繋《つな》げさせられて、ケダモノの気が済むまで何度も何度も貪《むさぼ》られる。

——嫌だ。それは嫌だ!

そう強く思った瞬間、侑希は神宮寺の手を思いっきり振り払っていた。

「放せっ」

死にものぐるいで拘束を解き、まろぶように廊下を走って内扉を抜ける。リビングと隣接しているキッチンスペースへと逃げ込んだ侑希が後ろを振り向くと、すでに神宮寺は二メートルの距離に迫ってきていた。

「……ひっ」

「馬鹿。具合が悪《わり》ぃなら走るなよ」

憮然《ぶぜん》とした表情の神宮寺が、舌打ち混じりに落とす。

「おとなしくしてろって」

苛立ちのオーラを纏《まと》った男にたちまちキッチンの隅まで追い込まれ、退路を失った侑希は、反射的にシンクの上に片手を伸ばした。数日前からステンレスの水切りに置いたままになっていた果物ナイフをぎゅっと摑む。

「く、来るな！」

両手で摑んだナイフを前に突き出して威嚇《いかく》したが、敵はそんな脅しにまるで怯《ひる》まなかった。軽く肩を竦《すく》めただけで、距離を縮めてくる。

「近寄るなっ!!」

悲鳴じみた絶叫に、ようやく神宮寺が足を止めた。刃物を前にしても眉ひとつ動かさない、ふてぶてしい無表情を睨《にら》みつけ、侑希はごくっと喉《のど》を鳴らす。

「こ、これ以上近寄ったら……本気で刺す、から」

「切っ先がブルブルしてる。そんなんじゃ死にかけのジジイだって刺せないぜ？」

不遜《ふそん》に唇を歪《ゆが》めた男が嘲《あざけ》るように言った。

「ほ、本気だぞ！　本当に刺……ッ」

出し抜けに一気に間を詰めてきた神宮寺にむんずと手首を摑まれて、ひっと息を呑む。

「は、放せっ」

高い声で叫び、摑まれた手首を死にものぐるいで揺すった。ちっと舌打ちが聞こえる。

「素人《しろうと》が下手に刃物を扱うと怪我をする。危ねぇから放せって」

「嫌だっ！　そっちこそ放せっ！」

ぐぐっと手首に圧力がかかって痛みに顔をしかめる。

「くっ……」

しばらく揉《も》み合った末に圧《お》し負け、切っ先を徐々に下に向けられそうになった侑希は、神宮寺の臑《すね》を蹴飛ばして必死に抗った。

「刃物持って暴れるな！」

頭上から怒鳴りつけられる。それでもなお脚をバタバタさせて暴れていると、蹴りが空ぶった弾みでバランスが崩れ、体がぐらっと仰向けに傾《かし》いだ。

しまった、転ぶ――！

「あぶね……っ」

神宮寺が伸ばしてきた手をとっさに摑んだが間に合わず、そのまま後ろ向きにひっくり返る。

「う、ああ――ッ」

神宮寺を巻き添えにして床に転倒した侑希は、腰と背中に激しい打撃を受けた。さらに続けて共に倒れた男の重みを感じるのと、それはほぼ同時だった。右手にも不可思議な衝撃を覚える。

ナイフの刃先がずぶずぶとめり込んでいく――生々しい感触。

「……うっ」

覆い被さっている神宮寺から、苦しげな唸《うな》り声が漏れた。

「な……何？」

何が起こったのかわからず、床に寝転がったままフリーズする侑希の上から、床に片手をついた神宮寺が、ゆっくりと身を起こす。露《あらわ》になった彼の腹部には、ナイフの柄《え》が深々と突き刺さっていた。

「ひぃ……」

目の前のショッキングな映像に、声にならない悲鳴が漏れ、全身がガタガタと震え出す。

刺した。生徒を。ナイフで。刺してしまった。

取り返しのつかないことをしてしまった！

(どうしよう。どうしよう。どうすればいいんだ。どうすれば……)

侑希が動転している間に、顔をしかめた神宮寺が腹からにょきっと突き出た柄を摑んで、ぐっと一息に引き抜いた。とたんに鮮血がどっと噴き出す。

「……っ」

大量の血を見たショックで、白く霞《かすみ》がかかっていた頭がクリアになった。

惚《ほう》けている場合じゃない！

「馬鹿！　なんで抜いたんだ！」

思わず怒鳴りつけてから、あわてて体を反転させる。

「きゅ、救急車！」

立ち上がろうとしたが、腰が抜けているのか起き上がることができなかった。仕方なく這って電話のあるリビングへ向かおうとした侑希の動きは、しかし後ろから阻まれた。振り向くと、血塗《まみ》れの手が足首を摑んでいる。

「呼ぶな」

苦痛に美しい貌《かお》を歪ませながらも、神宮寺が低く命じた。

「で、でもっ」

「大…丈夫…だ」

とても言葉どおり大丈夫とは思えない苦しげな声と辛《つら》そうな表情に、侑希は首を左右に振って反論する。

「どこがっ？　全然大丈夫じゃないだろう!?」

おそらく傷は内臓に達している。一刻も早い手当が必要なのは素人目にも明らかだ。なのに。

「いいから！　とにかく絶対に救急車は呼ぶな！」

今まで見たことがないほどに切羽詰《せっぱつ》まった形相で、神宮寺が怒鳴った。

怪我をしたショックで気が立っているのだと思うが、そんな大きな声を出したら出血が余計に酷《ひど》くなる。怖くなった侑希は宥《なだ》めるように小声で囁いた。

「わ、わかったから。呼ばないから。もう声を出すな。あ、安静にしていたほうがいい」

それには素直にうなずき、侑希の足から手を離した神宮寺が、壁ぎわににじり寄って背中をタイルに預ける。傷口を手で押さえつつ、もう片方の手をボトムの腰のポケットに入れた。険しい表情で携帯を引き出し、片手で操作する。耳に当てて誰かを呼び出しているようだが、どうやら応答がないらしく、しばらくして携帯をパチッと折り畳《たた》んだ。

「水川《みずかわ》のやつ、オペ中か――ちっ、ついてねえ」

舌打ち混じりにつぶやき、ふっと息を吐く。次にキッチンの小窓を見上げてひとりごちた。

「……しゃーねぇな。……満月だから……なんとかなるだろ」

（満月？）

こんな時に何を言っているんだろう。出血のショックで頭が朦朧《もうろう》としているんだろうか。

神宮寺の気持ちが少しでも落ち着くのを待って、とにかくまずは止血をしなくては。

固唾《かたず》を呑んで教え子の様子を見守っていた侑希は、神宮寺が突然シンクに摑まり、よろよろと立ち上がったのに仰天した。はらはらと見守っていると、傷ついた腹部を左手で押さえた前屈《まえかが》みの体勢で、ゆっくりと歩き出す。

「ど、どこへ行くんだ？」

壁を伝ってのろのろと進む男に、あたふたと追いすがって尋ねた。

「……帰る」

「か、帰るって……」

その発言に耳を疑う。

「帰ら……ねぇと……ここに……いちゃ……まずい」

絞り出すような途切れ途切れのかすれ声が、傷の深さを物語っているようで焦燥が募った。

もしこのまま神宮寺が命を落としたりしたら、自分は殺人者になってしまう。

（それは困る。死なれては困る！）

焦《あせ》った侑希は懸命に説得にかかった。

「そんな傷で動くのは無茶だって！　とにかくまず止血をして、救急車が嫌ならタクシーで病院へ行こう。な⁉」

けれど神宮寺は侑希の説得には耳を貸さず、歯を食いしばって歩き続ける。血をだらだら流しながら、どうにかリビングまで来たが、そこで力尽きた。がくっと膝《ひざ》を着き、フローリングの床に前のめりに倒れ込む。

「神宮寺っ！」

神宮寺の口から、悔しそうなつぶやきが漏れた。

「くそ……間に合わねぇ」

「と、とにかく止血を…っ」

側に寄ろうとして、厳しい声で「来るな！」と制される。まだそんな気力が残っていたのかと驚くほどの気迫の一喝に、侑希はびくっと立ち竦んだ。

「神……」

「いいから……あんたは離れていてくれ。……絶対に……側に来るな」

そう釘を刺した直後だった。神宮寺の体が激しく震え始める。

「神…宮寺？」

細かい痙攣《けいれん》が全身を覆い、顔が引き歪む。苦しそうに喉を手で押さえた神宮寺が、「う、う」と低い唸り声を出した。

（だ、断末魔!?）

「神宮寺っ！　大丈夫か!?」

真っ青になって駆け寄ろうとした侑希の足が、ぴたりと止まった。身を丸めて断末魔の苦しみに悶《もだ》えていた神宮寺が、不意に両手を床につき、むっくりと上半身を起こしたからだ。顔は伏せているので表情は見えないが、肩が大きく上下し、「ふー、はー」と息が荒いのはわかる。

「……神…宮寺？」

息を詰めて神宮寺を見守っていた侑希の目が、ゆるゆると見開かれた。

四つん這いの少年の体に不可思議な変化が起こっていた。

まず変わったのは手だった。指がみるみる縮まり、さらに褐色の肌が灰色の毛にみっしりと覆われ始める。映画のＳＦＸさながらのメタモルフォーゼの波は、手の先から腕、胸、頭、胴へと急速に進んでいき、教え子の肉体を徐々に異形へと変えていく。

「…………」

自分の目の前で起こっている非現実的な超常現象の一部始終を、両目を大きく見開き、唇を半開きにした侑希は、言葉を発することも忘れ、ただただ呆然《ぼうぜん》と見つめ続けていた。

あまりに衝撃が大きすぎて、身じろぐことすらできない。

ほどなく、びりっと布が裂ける音が聞こえる。人ならざる形に変形した肉体の圧力に耐えきれずに、衣類がめりめりと破れた。ついにその変貌の全容を露にした異形が、ぶるっと身を震わせて衣類の欠片《かけら》を振り払う。刹那《せつな》、侑希の鼻孔《びこう》がふわりと漂う動物の匂いを捉《とら》えた。その獣臭の発信源がゆっくりと振り返る。

全身を灰褐色の体毛に覆われた獣――それは、ほんの少し前まで人間の形をしていた。

まだ若い……男子高校生のはずだった。

教え子だった彼は、だが今、灰褐色の毛並みを持った大型の野生動物に変身し、黄色く輝《ひか》る瞳で自分をじっと見つめている。

尖《とが》った貌。白い象牙のような鋭い牙。ピンと立った耳。長くまっすぐな四肢。ふさふさの尾。

ぱっと見大きな犬に見えるけれど微妙に違うような気もする。

「お……狼？」

半信半疑でひとりごちてから、侑希はふるふるっと頭を振った。

現代日本に狼がいるわけがない。いや、そもそもそれ以前に人間が狼に変身するなんてあり得ない。だから、これは現実じゃない。

そうだ。これはこのところ繰り返し見ていた悪い夢の続きに違いない。自分はまだ夢の中にいるんだ。神宮寺が訪ねてきたのも、ナイフで刺してしまったのも夢の中の出来事で、今にきっと目が覚める……。

というか、早く目覚めてくれ！

両手の拳をぎゅっと握り締め、心の中で懇願した時、目の前の獣がゆらりと動いた。息を呑んで固まっていると、立ち竦む侑希の顔を黄色い目で見つめながら近づいてきて、すぐ手前でぴたりと歩みを止める。

（で、でかい！）

近くで見る獣は、かなり大きかった。時折町中で見かけるような大型犬よりも一回り以上も大きい。そして一瞬、恐怖を忘れて魅入ってしまうほどにフォルムが美しかった。

魅入られたように美しい獣を見つめていた侑希は、ふと、その腹部から血が滴《したた》っていることに気がついた。腹に傷を受けている――そう思った瞬間、無意識にも前へと足を踏み出す。と、不用意な接近に獣が牙を剝《む》いた。

「ウウッ」

威嚇するような唸り声にびくっと身じろぐ。同時にはっと我に返った。

夢じゃない。

これは現実だ。この獣は生きている。

生きた猛獣と武器も持たずに向かい合っているという事実に直面したとたん、凍結していた恐怖がどっと込み上げてきて、侑希はじりっと後ずさった。獣と目を合わせたまま、廊下をじりじりと玄関まで後退する。

怖い。怖い。怖い！

本能が「逃げろ」と警告を発していた。頭の中で警鐘《けいしょう》がわんわんと鳴っている。

（に、逃げなきゃ……）

追ってくるかとひやひやしたが、灰褐色の獣はリビングと廊下の境目に佇《たたず》んで動かない。ドアノブを回し、ばっと扉を押し開くやいなや外へ飛び出した。冷たいコンクリートが足の裏に触れて、自分が裸足であることに気がついたが、振り返らずに階段を下りる。三階分の階段を全速力で駆け下り、勢いエントランスから飛び出す。

恐怖に支配された頭の中には、ここから一秒も早く逃げ出すことしかなかった。

「はっ……はっ……」

あの獣から、一メートルでも、三メートルでも遠くへ。

それだけを念頭に、凍えるような冷気の中、深夜の住宅街を夢中で走る。

「ひぃ……はぁ……」

途中何度か後ろを確認したが、獣が追ってくる気配はない。ほっと気が抜けたのがいけなかったのかもしれない。ややして脚がもつれてしまった。

「うあっ」

勢いよくアスファルトに向かってダイブして、反動でごろごろと転がる。ようやく横転が止まり、道の端で仰向けに大の字になった。あちこち打って擦《す》り剝《む》いたはずなのに、不思議と痛みは感じない。スウェット一枚でも、なぜか寒さも感じなかった。

ぜいはぁと胸を喘《あえ》がせ、白い息を吐き出しながら、頭上の月を見上げた。墨を流したような暗い空に浮かぶ、ひとつも欠けるところのない真円。

冷気の中、煌々《こうこう》と明るい満月を眺めているうちに少しずつ頭がクールダウンしてきた。パニックが収束するにつれて徐々に、麻痺《まひ》していた思考力が戻ってくる。

あの獣は腹に傷があった。腹部の傷から血を流していた。

継いで脳裏に神宮寺の苦しそうな顔が浮かぶ。いまだ手に残る、ずぶずぶとナイフが体内へめり込んでいく生々しい感触。傷口から噴き出た大量の鮮血。

同じところに傷がある獣と人間。神宮寺が消えて、あの獣が現れた。そのふたつの要因から導き出される推論に、引きつった唇から自嘲《じちょう》めいた笑みが零《こぼ》れる。

「まさか……」

そんな馬鹿な。神宮寺が獣に変身したなんて、そんなSF映画みたいなことがあるわけがない。否定する側から、先程目の前で起こった変化の一部始終がまざまざと脳裏に蘇《よみがえ》る。

この目で見ても信じられないけれど、実際に神宮寺の代わりに現れた以上は、あの狼が神宮寺である可能性は否定できない。どんなに受け入れがたい現象であっても、少なくとも百パーセント絶対に違うとは言い切れない。

そして……自分が傷つけたせいで、あの獣は怪我をしている。

放っておいたら、出血多量で死んでしまうかもしれない。

「…………」

手負いの獣のいる部屋に戻るなんて、そんなの自殺行為だ。

あの獣に人間の時の記憶があるのかわからないし、自分を認識できるかどうかも定かじゃない。

なおさら彼は今、傷ついて気が立っている。動物園の飼育係が手塩にかけた猛獣に牙を剝かれるというのもよく聞く話だ。第一、戻ったところで自分に何ができる？

どう考えても戻るべきじゃない。

頭ではわかっているのに、気がつくと侑希は上半身をのろのろと起こし、立ち上がっていた。

たとえ人ならぬ異形のものであっても、自分が傷つけてしまったことは事実だ。

このまま放ってはおけない。

半泣きの表情で踵《きびす》を返した侑希は、痛む脚を引きずるようによろよろと、今来た道を引き返し始めた。


びくびくと怯《おび》えながらマンションのドアを開けた。廊下をそろそろと歩き、内扉の陰からリビングをそっと覗き込む。

獣はまだ部屋の中にいた。

リビングの床に腹這いになって、腹部の傷口をぺろぺろと舐《な》めている。

戻ってきた侑希に気がついた獣が、ぴくっと耳をそばだてた。黄色い瞳をこちらに向けて様子を窺《うかが》っているようだったが、やがてふいっと鼻面を下げ、ふたたび傷口を舐め始める。

どの程度の深手なのか傷の様子が知りたくて、おそるおそる近づいてみると、「ウウッ」と低く唸られた。あわてて飛びのく。

（こ、怖い……）

野生の獣の迫力に冷や汗を掻きつつ、一メートルほど離れたソファの後ろに逃げ込んだ。

「じ、神宮寺？」

それでも一応ソファの後ろから呼びかけてみたが。

「ウウッ」

牙を剝かれて首を引っ込める。

（……困った）

傷口を化膿《かのう》させないためには抗生物質を投与したほうがいいとは思うが、だからといって動物病院にも、ましてや人間の病院へも連れていくわけにはいかないだろう。そんなことをすれば、大騒ぎになるのは目に見えている。

心配で戻ってきてはみたものの、何をどうすればいいのか見当もつかず、侑希が途方に暮れている間に、獣がむくっと起き上がった。こっちへ向かって歩いてきたので、来た！　と身構えていると、ソファの前でぴたりと足を止める。ソファの下に敷かれているラグの上に腹這いになり、顎《あご》を前肢《まえあし》の上に乗せて目を閉じた。

（もしかして眠ろうとしている？）

そのまま動かなくなった獣をしばらく観察したのちに、そう結論を出す。少しでも体を休めて傷の治りを早くするつもりなのかもしれない。

となれば、こちらも寝ずの番をするしかない。

そう腹をくくった侑希は、なるべく物音を立てないようにそーっとソファの後ろで立ち上がり、忍び足で廊下を抜けて寝室へ入った。

まず眼鏡をかける。これでやっと視界がクリアになった。次にクローゼットからコートを取り出し、スウェットの上に羽織る。ポケットには携帯と財布を入れた。戻りしな玄関で靴を履き、土足《どそく》のままでふたたびリビングへ戻る。

いざとなったらすぐ外へ逃げ出せるように内扉は開けてあるし、玄関の鍵も開けてある。靴も履いたし、携帯も財布も持った。――よし。万全だ。

うなずいてから、獣の寝姿が見える位置にそっと腰を落とす。

獣はじっと動かない。まるで精巧な造りの剝製のようだ。

しんと静まり返ったリビングに、時計が針を刻む音だけが規則正しくカチカチと響く。

「…………」

壁に背中を預け、微動だにしない獣を見張っているうちに、この二日ほとんど寝ていなかったせいもあって、だんだん目蓋《まぶた》が重くなってきた。

閉じかけた目蓋を何度もこじ開け、いけない、駄目だと胸中で葛藤《かっとう》しながらも、いつしかついい……うとうととしてしまったらしい。

5

シャワーの水音でうっすらと目が覚めた。

半覚醒の状態で、しばらくぼーっとその水音を聴いていて、ん？　と眉をひそめる。

「……う……ん」

（シャワー……誰が浴びているんだ？）

一人暮らしの自分以外の誰が……まだ動き出さない鈍い思考でつらつらと考えていると、ポタッと顔に水の雫《しずく》が落ちてきた。続けて、ポタ、ポタッ。ぴくっと顔をしかめ、薄目を開ける。

「…………」

視界いっぱいに誰かの顔がアップになった。徐々にピントが合うに従って、凄みを帯びた美貌が明確になる。

くっきり端正な眉。強い輝《ひかり》を放つ漆黒の瞳。シャープに通った鼻筋。肉感的な唇。――屈み込んでこっちを覗き込んでいる美しい貌から、かすれた低音が落ちた。

「起きたか？」

その問いかけで、いつの間にか壁に寄りかかって眠りこけていた自分に気がつき、侑希はあわててずり落ちかけていた眼鏡を正しいポジションに押し戻した。

レンズの奥の目をぱちぱちと瞬《しばたた》かせ、改めて目の前の男の均整の取れた長身を、頭の先から足の指の先まで視線で往復する。

褐色の肌。腰にバスタオルを巻いただけの全裸だ。濡れた黒髪からシャワーの名残の水滴が滴り、フローリングの床を濡らしていた。ふるっと濡れた髪を振って水分を飛ばす仕草が、昨夜の獣と重なって、一瞬どきっとする。

「……おまえ……人間に戻ったのか？」

ぼんやりと問いかけてしまってから、ふと心許《こころもと》ない気分になった。昨日のあれは、本当に現実だったんだろうか。こうして明るい陽射しの下で神宮寺を見れば、昨夜のショッキングな出来事のすべてが夢のように思えてくる。こいつが目の前で獣に変身したなんて……やっぱりどう考えても荒唐無稽《こうとうむけい》すぎる。

(そうか……夢か)

きっと夢だったんだ。昨夜遅くに訪ねてきた神宮寺を言い争いの末にナイフで刺したのも、そのあとこいつが獣に変身したことも。

よかった。夢で本当によかった。

安堵《あんど》のあまりに脱力した侑希は、ふぅーと腹の底から息を吐き出して目線を上げた。途中、神宮寺の引き締まった腹部に目を留めてつぶやく。

「傷が……」

ないと言いかけ、夢だったんだからなくて当たり前だと気がついたが。

「ああ——治った」

視線を下に向けた神宮寺になんでもないことのようにあっさりと告げられて、え？　と顔を振り上げる。思わず膝立ちになって神宮寺まで詰め寄った。

「今、『治った』って言ったか？」

「月齢十五日だったからな。まぁこんなもんだろ」

侑希の一喜一憂には気がつかずに、ふてぶてしい表情で嘯《うそぶ》いた神宮寺が、ソファにどさっと腰を下ろす。

全部、現実⁉

ということは、傷があったのは現実？　じゃあナイフで刺したのも、獣に変身したのも？

「……そんな」

くらっと頭の芯が眩《くら》んで、唇がわななく。悪夢から覚めた悦《よろこ》びから一転、急降下で地面に叩きつけられた気分だった。へなへなと床に尻餅《しりもち》を着く。

「だが、月齢のおかげで助かった代わりに……あんたに一族の秘密を知られた」

背もたれにもたれかかった神宮寺が、不機嫌そうに眉をひそめて侑希を見た。

「一族の……秘密？」

いまだ衝撃から立ち直れないままに上擦《うわず》った声で繰り返すと、逆に聞き返される。

「昨日、見ただろ？」

見た。あれが夢でないならば……たしかにこの目で見た。

躊躇《ためら》いがちにおずおずとうなずく。

「ああ……見た。おまえが……その……獣に……」

「そう。つまり、あんたの生徒は狼に変身する種族の末裔《まつえい》ってわけだ」

自嘲めいた口調で肯定されて、信じられない思いで繰り返した。

「……狼に変身する種族」

「世間じゃ俗に人狼とか狼人間とか呼ばれているな」

自分のことなのに突き放したような物言いを耳に、呆然と目の前の教え子を見つめる。

神宮寺が――人狼？

そんなものは、物語の中にしかいないと思っていた。空想の産物だと。

それが現実に存在して、しかも神宮寺がそうだなんて信じられないけれど……でも、本人が認めているのだから……本当なんだろう。実際に自分も彼が変身する現場を見たし。

とっ散らかった頭で、なんとか考えをまとめようと腐心する。けれどどうしても、人狼なんてこの世にいないはずだという固定概念が捨てきれない。自分が見た突拍子もない事実と二十六年間で培《つちか》った常識が相容《あいい》れず、このままだと頭がどうにかなってしまいそうだった。

「説明……してくれ」

侑希はかすかに震える声で求めた。訊かずにはいられなかった。

「できるだけ詳しく……俺にもわかるように」

神宮寺がつと双眸《そうぼう》を細めた。しばらく思案するように黙っていたが、ぽつっとつぶやく。

「あそこまでばっちり見られちまったからには、話さないわけにゃいかねぇよな」

「頼む」

侑希の再三の要求に、覚悟を決めたように語り始めた。

「詳しくって言われても、なんで自分が狼に変身するのかは自分でもわからない。実のところ、そういう血を引いていて、生まれつきそうだったとしか言いようがないしな」

「生まれつき？」

「一族の直系の男子にだけ現れる特殊能力らしい。親父も、祖父《じい》さんも、ひい祖父さんも、その また祖父さんも人狼だった。神宮寺っていうのはつまり、代々やくざ稼業を生業《なりわい》とする人狼の一族だってことだ。起源はいつの時代のどこの国の誰だったのか、俺は知らない。興味ねぇし調べたこともない。都築あたりは知っているのかもしれないが」

「都築――というと、あの眼鏡の？」

眼裏に大神《おおがみ》組の身内だという男の怜悧《れいり》な面差しが浮かぶ。

「彼は……『秘密』を知っているのか」

神宮寺がうなずいた。

「一族の『秘密』を知っているのは、うちの組の中でも幹部の岩切と都築だけだ。あとは組員じゃないが水川の計三人」

岩切と都築には本郷《ほんごう》の屋敷で会ったが、水川という名前には聞き覚えがない。

「水川？」

「代々神宮寺家のホームドクターを担っている水川一族の末裔だ。二年前に先代が死んでからは代替わりして、今の主治医は大学病院に勤めている」

その話で昨夜の携帯の一件を思い出した。

「もしかして、携帯で連絡していた人？」

「そうだ。救急車で運ばれてる途中で変身しちまったら大騒ぎになるからな。そんなことになったら、速攻でアメリカの研究機関に送られちまう。だから昨日みたいに傷を負ったり、何か不測の事態が起こった場合には水川が看《み》てくれることになってるんだが、昨日は間の悪いことに当直で緊急のオペ中だったらしい」

昨夜侑希が逡巡《しゅんじゅん》したように、やはり普通の医療機関にかかるわけにはいかないらしい。

「岩切、都築、水川は、数百年に亘って神宮寺一族の『秘密』と当主を護ってきた。現在も御三家のそれぞれの子孫が、現当主である親父をがっちりガードしているってわけだ」

「彼らは……普通の？」

「人間だ。とは言っても何百年も神宮寺を護ることを第一命題に、すべてを捧げてきたんだから、まともな神経じゃねぇだろうけどな」

人狼の一族と、それを護る御三家——なんだか、本当に小説か映画の筋立てみたいだ。それでも神宮寺の口から、実在の人物の名前を交えた説明を受けているうちに、これはやはり現実なのだというリアリティを少しずつ感じてきた。

「他に質問は？」

横柄に顎で促《うなが》され、侑希は頭に浮かんだ疑問を口にする。

「きみたちみたいな種族は他にもいるのか？」

「遠い昔はそれなりの数がいたらしいが、自然淘汰《とうた》され、今現在残っているのは神宮寺だけだって話だ。国外にはまだ若干名残っているという情報もあるが、確認は取れていない」

たしかに今まで世に知られずに、水面下で生き残ってこれたことのほうが奇跡なのだろう。もしかしたらそれは、御三家の存在によるところが大きいのかもしれないが。

「あと、その……変身はいつでも自在にできるものなのか？」

「まぁ、そうだな。だが自分で力をコントロールできるようになるまでにはそれなりの時間がかかる。変身能力が開花するのはだいたい……」

言葉を切った神宮寺が一瞬、過去を振り返るような遠い目をしたのちに言葉を継いだ。

「十歳前後か。ガキの頃はまだ未熟だから、怒りや興奮、自己防衛本能などに誘発されて変身することが多い。その後はキャリアを積むにつれて、徐々に自分の意志でコントロールできるようになる。それと、月の満ち欠けにも左右されるな。満月時がピークで、月齢十五日前後には野性が強まり、狼化しやすくなる。この時はパワーが漲《みなぎ》っているから、ちょっとやそっとの怪我じゃまずくたばることはない。自然治癒能力もＭＡＸで、昨日くらいの傷なら一晩で治る」

——……満月だから……なんとかなるだろ。

昨夜の、狼に変わる間際の神宮寺の台詞が蘇った。

あの時は彼が何を言っているのか、まったく理解できなかったけれど。

改めて、そこに関しては幸運だったとため息を吐く。すると神宮寺が軽く肩を竦めた。

「おまけに俺は今繁殖期だからな。さらに生命力が強くなっている」

「繁殖期？」

「発情期って言ったほうがわかりやすいか。俺たちは十代の後半で初めての発情期が訪れるんだ。その間に生涯のつがいの相手を探し、巡り会えた場合は、伴侶《はんりょ》と決めたその相手と一生涯を共にする」

あっと思った。兄の迅人が言っていたのは、このことだったのか。

――あいつ今発情期だから、近寄らないほうがいいよ。

「だから……学校に来る暇もなく、部屋に籠《こ》もって……取っ替え引っ替え？」

「匂いを嗅《か》ぎつけて、女のほうが寄ってくるんだ。仕方ねぇだろ？」

おそらくは、女性にはたまらない雄《オス》のフェロモンを垂れ流しているのであろう男が、不遜に唇を歪める。

「ひょっとして、十二月の頭頃から学校に来なくなったのは……」

「そのあたりに繁殖期が来たからな」

それで、か。これでやっと腑《ふ》に落ちた。

こういった事態になるまで、侑希は神宮寺に対して硬派なイメージを持っていた。すごくもてるけれど、特定の誰かとつきあったりしているようでもなかったし、かといって遊び人風でもない。男であれ女であれ、容易には他人を寄せつけない――それこそ孤高の一匹狼といった風格が神宮寺峻王《たかお》にはあった。それが突然に、見境なく取っ替え引っ替え女と寝ていると知って、ずっと違和感が拭《ぬぐ》えなかったのだ。

それも発情期故《ゆえ》とわかれば――今の神宮寺は、どちらかというと人間というより動物なのだと思えば納得がいく。

だからといって、男である自分に対してまで、所構わず欲情するのは解せないけれど……。

神宮寺の口からつまびらかになった驚くべき一族の『秘密』に端を発して、つらつらと思考を巡らせていた侑希は、やがてあることに気がつき、思わず大きな声を出した。

「そうか！　ということは迅人くんも人狼なのか！」

「当たり前だろ。兄弟なんだから」

何をいまさらというふうに神宮寺が眉をそびやかす。

「そ、それはそうだが……おまえたちはあんまり似ていないから」

人狼なのだと知って驚愕《きょうがく》しつつも、心のどこかで「なるほど」とうなずく部分もある弟と違って、兄の迅人はごくごく普通の少年に見えたから、その事実がうっかり頭から抜けていた。

「あいつはどっちかっていうと純国産の親父似で、俺は大陸系の祖父さんの血を濃く受け継いだからな。体格のせいか俺のほうが先に繁殖期が来ちまったから、あいつも気にはしているらしい」

そう言われてみれば迅人の少年らしい青さは、まだ性的に目覚めていないせいという気もする。

「だが見た目がどうあれ、あいつが俺と同じ一族の血を引くことには変わりがない。……俺たちは運命共同体なんだ」

じわりと双眸を細め、神宮寺がつぶやく。

「あいつのことは俺にしかわからないし、俺のこともあいつにしかわからない」

特異な血を、『秘密』を共有する兄弟。お互いがお互いにとって、唯一無二の特別な存在である。ふたり。同じ枷《かせ》を背負うがための、精神的な結びつきの強さは察するに余りある。

以前に「こいつだけは俺が護るっていう、大切な相手ならいる」と言っていたのは、兄の迅人のことなのだろう。

苛烈な宿命を背負った兄弟の絆《きずな》に思いを馳《は》せていると、目の前の男が不意に表情を改める。

「ひとつ言っておく」

いつも不敵でどこか人を食ったところのある教え子のいつになく真剣な表情に、侑希もまた顔が強《こわ》ばるのを感じた。

「つがいとなる者以外で神宮寺一族の『秘密』を知った人間は」

「知った人間は？」

「殺される」

「殺さ……っ」

声が上擦り、一瞬息が止まる。

昨夜、重傷を負った神宮寺が、傷が開くのを覚悟でこの部屋から出ようとした理由。

彼はどうしても自分の前で変身したくなかったのだ。

神宮寺一族の『秘密』を知ることが、イコール『死』に直結すると知っていたから——。

顔色を失った侑希を強い眼差しで射貫き、神宮寺が告げた。

「だから誰にも言うな」

「わ、わかった」

しゃがれた声を喉奥から絞り出す。

「言ったところで誰も信じやしねぇだろうが、他言することによって間接的に、あんたが『秘密』を知っていると御三家にバレるのがまずい」

「…………」

「『秘密』を知っていることがバレたら、あんたは御三家に消される」

「消っ……消される!?」

「言っておくが脅しじゃないぜ？　うちの稼業がやくざなのは知っているだろう？」

「あ……ああ、知っている」

「逃げても無駄だ。一族の『秘密』を護るためなら御三家——とりわけ岩切と都築は一切容赦《ようしゃ》をしない。地の果てまで逃げようが、あいつらは必ずあんたを探し出して息の根を止める」

岩切の巨軀《きょく》から立ち上っていた重圧感と、都築の切れ者然とした佇まいを思い出し、ぞくっと背中に悪寒が走る。

「消される」とか「息の根を止める」とか、ともすれば陳腐に聞こえる脅し文句も、彼らならば本当に実行するかもしれないと思わせるただならぬ迫力が、あのふたりの男にはあった。

「いいか？　生きていたかったらこの件は絶対に他言するな。俺もあんたが知っていることを身内の誰にも言わない」

まっすぐ侑希を見下ろして神宮寺が告げる。

「これは、あんたと俺の……ふたりだけの『秘密』だ」

こんな時なのに、「ふたりだけの『秘密』」という言葉に胸が妖しくざわめくのを訝《いぶか》しく思いながら、こくっとうなずいた。

「裏切るなよ」

念押しにふたたび首を縦に振った直後だった。不意打ちで腕を掴まれ、ぐいっと引き寄せられる。前のめりに神宮寺の裸の胸に倒れ込んだ侑希は戸惑いの声を出した。

「な、何すっ……?」

「あんたが本当に裏切らないかどうか、体に確かめる」

侑希の顎に手をかけて顔を覗き込んできた男の、とんでもない発言に唖然《あぜん》とする。

「裏切らないと言っているだろう!」

「口ではなんとでも言える」

冷ややかな物言いにズキンと心臓が疼《うず》いた。

きゅっと奥歯を食い締め、感情の読めない黒い瞳をきっと睨みつける。「ふたりだけの『秘密』」などと言っておきながら、この男はその実まったく自分を信用していないのだ。

「手を放せ、馬鹿野郎!」

怒りに任せて怒鳴りつけ、身を捩《よじ》って暴れたが、片手で難なく封じ込められてしまう。それでもなんとか腕の中から逃れようともがいていると、憮然とした顔つきで問われた。

「獣に抱かれるのがそんなに嫌か?」

「……え？」

その言葉に虚を衝《つ》かれる。そこまでは深く考えていなかったけれど……たしかに神宮寺とセックスするということは、人ならざる存在と——人狼と体を繋げるということなのだ。

やることは同じでも、人狼とわかってするのとそうでないのとでは大違いだ。今までも充分に高かったハードルが、また一段高くなった気がして黙り込む。すると至近距離にある顔がみるみる不機嫌になり、漆黒の双眸が剣呑《けんのん》な輝《ひかり》を放った。やがて低い声が命じる。

「銜《くわ》えろ」

「……なん、だって？」

意味がわからずに侑希は聞き返した。

「俺のを、あんたの口で銜えろよ」

「口で……銜え……？」

復唱しているうちに教え子の意図するところがわかって、カーッと顔が熱くなる。

「誰がそんな恥知らずな真似をするかっ」

声を荒げたとたん、冷たい声音で切り返された。

「忘れたのか？　昨日俺をナイフで刺したことを」

「………っ」

侑希の肩がぴくっと揺れる。

「俺がただの人間だったら、あんたは人殺しになっていたかもしれないんだぜ？」

そうだ。いろいろあって謝る機会を逸していたけれど、もし神宮寺が人狼でなかったら――満月でなかったら――自分は傷害事件の加害者になっていた。下手をすれば今頃、殺傷の罪で警察に捕まっていたかもしれないのだ。

傷がなくなったからといって、刺した事実が消えるわけではない。

「そ、それは……悪かったと……思ってる」

じわじわと込み上げてくる罪悪感を見透かしたように、美しい征服者が傲慢な口調で言った。

「だったら、慰謝料代わりに気持ちよくさせてみろよ」

大きく脚を開き、ソファにふんぞり返る神宮寺の足許に跪《ひざまず》き、バスタオルの合わせを開く。

「うっ……」

間近で見る雄のずっしりとした質量に気圧《けお》され、侑希のこめかみにじわりと汗が浮いた。

こ、こんなものを口に入れて愛撫するなんて……無理だ。

泣きそうな気分で逡巡していると、上から「早くしろ」と苛立った口調で急《せ》かされた。

教師を教師とも思わない不遜な態度に腸《はらわた》が煮えくりかえるようだったが、昨夜のペナルティがあるので嫌だとは言えない。侑希自身も『慰謝料』を払わなければ、自分の気持ちが治まらなかった。ここでイーブンにしておかないと、それこそ一生つけ込まれる気がする。

(――くそ)

覚悟を決めて目をぎゅっと瞑《つむ》り、片手で支え持ったそれに唇を近づける。思いきってがばっと口に入れたら、勢い余って一気に奥まで突っ込んでしまった。

「うげっ」

強烈な嘔吐《おうと》感に襲われ、あわてて引き抜く。

「ぐぇっ……げふっ……げほ……っ」

眦《まなじり》に涙を滲《にじ》ませて激しくむせていると、頭上から呆《あき》れたような声が落ちてきた。

「馬鹿。いきなり奥まで突っ込むやつがいるか」

「で、……だ……だって」

「初心者なんだから慎重にやれよ」

涙目の上目遣いで、傲慢な表情を睨みつける。

偉そうに。一体何様のつもりだ?

ムカムカしながらも、今度はできるだけ大きく口を開き、熱の塊を慎重にそろそろと含んだ。

「う……ん、く」

今度は吐き気はなかったが、喉の奥までいっぱいいっぱいの質量に圧倒される。銜えたままフリーズしていると、鷹揚《おうよう》な指示が落ちてきた。

「舌を使え。……歯は立てるなよ」

仕方なく、おずおずと複雑な隆起に舌を這わせてみたものの、過去にしたことはもちろん、された経験もないので、この先何をどうすればいいのかまったくわからない。

「自分がどうされると気持ちいいか、想像してみろよ」

「ん、うぅ、ん」

そんなこと言われてもできない。銜えたまま首を横に振ったら、ちっと舌打ちが落ちた。

「もっと舌を絡ませてみろ」

教師と生徒の立場が逆転していることに気がつく余裕もなかった。一刻も早く、この責め苦から逃れたい一心で、従順に軸に舌を絡ませる。早く達して欲しくて必死に舌を使っている間に、少しずつコツが摑めてきた。

「さすがに呑み込みが早いな、先生」

「ん、ぅ……んっ、……ふ」

先端のなめらかな部分はピチャピチャと音を立てて舐め啜《すす》る。

「なかなか上手い……そうだ、口全体を使って愛撫する感じだ」

労《ねぎら》いの言葉に励まされ、顎がだるくなるまで懸命な奉仕を続けていると、神宮寺の雄が少しずつ張り詰めていくのを感じた。

「は……ふ……っ」

いつしか口腔《こうこう》内に収まりきらないほどに成長していた欲望を、持て余しつつも唇で扱《しご》く。じゅぷっ、じゅぷっと淫靡《いんび》な水音が漏れ、口の端から唾液が滴った。たくましく育った雄で口の中を刺激されているうちに、だんだん不思議な気分になってくる。

（……なんだろう？）

苦しさに潤んだ両目を瞬かせる。

おかしい。なんだか……熱い。

体がじんわりと火照《ほて》り、手足の先まで甘く痺《しび》れ、腰がじんじんと疼いてきて――。

（……あ）

ついには下着が濡れた感触に、ぶるっと背中が震えた。

そんな……触れられてもいないのに、濡れてしまうなんて……。

自分のはしたなさに恥じ入った刹那、口の中の硬い屹立《きつりつ》の先端から、とろっとしたぬめりが溢《あふ》れてきた。青臭い味が舌先に触れ、頭上で息を詰める気配がした――かと思うと伸びてきた手で頭を摑まれ、欲望をずるっと引き抜かれる。

「あ……ッ」

不意を衝かれ、思わず顔を上げた先に、欲情に濡れた美しい貌がある。その美貌から滴る、凶暴なほどの雄の色気に侑希は息を呑んだ。

「やらしい顔しやがって。あんた……ほんと淫乱な」

神宮寺の肉感的な唇からかすれた低音が落ちる。

「い、淫乱？」

「俺の銜えただけで、濡らしたんだろ？」

酷い言い様にカーッと顔が熱くなった。

「ふ、ふざけるなっ！　誰がっ」

叫んだ瞬間、足の先で股間をぐいっと押されて「あっ」と声が漏れる。

「や、めっ」

「ほら、もう濡れてんじゃねぇか」

張り詰めた下腹部をさらにぐりぐりと捏《こ》ねられ、あわてて前屈みになった。そんなふうに刺激されたら、弾《はじ》けてしまう。

「だ、駄目……やめてくれっ」

懇願にやっと神宮寺が足を引いた。ほっとする間もなく非情な命令が下る。

「脱げ」

「………え?」

「今ここで、俺の目の前で、全部脱げよ」

「ぜ、全部?」

「全部だ。あんたの全部を、俺に見せろ」

容赦のない要求に、侑希はぎりっと奥歯を食い締めた。

(畜生。どこまで辱《はずかし》めるつもりだ)

午前中の明るい陽射しの中で貧弱な裸体を晒《さら》すのは屈辱以外の何ものでもなかったけれど、昨夜の負い目があるので命令に逆らうことはできない。

怒りに震えながらも、まずはコートを脱ぎ捨てる。せめてもの反抗心で後ろを向き、スウェットの上衣《うわぎ》を脱いだ。数秒躊躇ってから、えいっと下着ごと下衣を取り去る。

「こっちを向け」

命令にのろのろと振り返り、羞恥《しゅうち》を堪《こら》えて神宮寺に向き直ると、熱を帯びた眼差しで全身をくまなくじっくりとスキャンされた。すでに形を変えてしまっている恥ずかしい分身を視線で灼かれる恥辱に、侑希は唇をきつく噛み締める。

「こっちへ来て、俺の膝の上に後ろ向きに跨《また》がれ」

さらなる命令に眉をひそめつつも、このまま向かい合っているよりはマシだと、半ば自棄《やけ》で神宮寺の膝に跨った。熱を帯びた硬い体に包み込まれると同時に、背後の男の両手が前に回ってきて、左右の胸の尖りに触れる。指先で捏ねられたり、指の腹で擦《こす》られたりと、施される刺激でほどなく乳首が硬くなった。

「あ、っ」

勃《た》ち上がった突起をきゅっと引っ張られて、高い声が飛び出る。

右手で乳首を弄《いじ》られ、左手では性器を嬲られた。さらに唾液にまみれた剛直で尻の狭間《はざま》をぬるぬると擦られて……三箇所を一度に責められる波状攻撃に、声が止まらなくなった。

「んっ、あっ……あぅ、ん」

無意識にも腰が揺れてしまう。黒目がじわりと濡れ、扱かれた性器の先端から、とぷっと蜜が溢れた。顔を仰向け、強烈な刺激に身悶《みもだ》える。

「あっ、いっ……いや……ぁっ」

下腹部の疼きがどんどん酷くなってきて、気がつくと侑希は、疼く場所を自分から剛直に擦りつけていた。さもしい行為に顔から火が出そうだったが、どうしても止まらない。

「ヒクヒクしてるな。あんたのここ、もう欲しがってグズグズじゃねぇか」

耳殻《じかく》に囁く神宮寺の声音にも欲情の色を感じて、ぞくぞくと背中が震えた。

「待ってろ。今……入れてやる」

低く吹き込むなり腰を摑まれ、体を持ち上げられた。淫らにひくつくいやらしい孔《あな》に熱い塊をあてがわれ、先端部分がめり込んでくる衝撃にひっと喉を鳴らす。

「あっ……入って……くるッ」

ゆっくり、じわじわと落とされ、半分ほど含んだ時点で腰を摑んでいる力を抜かれた。

「ひぃ、あっ」

支えを失った侑希は、自らの体重でずぶずぶと呑み込んでしまう。最後はふたたび力を入れてぐいっと引き落とされ、すべてが入りきったとたんに抽挿《ちゅうそう》が始まった。

太股《ふともも》を摑まれ、大きく開脚した体勢で下からガンガンと突き上げられる。初めての体位で、今までとは違う角度から感じる場所を突かれ、反り返った喉から嬌声《きょうせい》が迸《ほとばし》った。

「やっ……そ、こっ……すご、く当たって……っっっぁんっ」

「ここか？」

ピンポイントで抉《えぐ》られ、全身がガクガクと震える。自分で育てた凶器で酷く犯される、倒錯的な悦楽に侑希は溺《おぼ》れた。

「は……ふ、あ——」

酷く感じる弱みを硬い先端で突かれるたび、欲望から蜜がとぷっと溢れた。滴った愛液が結合部分まで流れ込み、ぐちゅ、ぐぷっと水音を立てている。さわやかな早朝には相応《ふさわ》しくない淫靡な音。朝からあられもない格好で教え子と繋がっている自分の淫らさに目眩《めまい》がした。

「だ、……だめ」

こんなのいけない。いけないことなのに。

いけないと思えば思うほどに官能が高まって……蕩《とろ》けきった内襞《うちひだ》が浅ましく絡みつき、体内の神宮寺を締めつけてしまう。それによってまた一層快感が膨《ふく》らんだ。

いい。たまらない。たまらなく……いい。

頭の芯がぼうっと霞《かす》んで、自分が教師であることも、相手が教え子であることも、人ならざる存在であることも消え失せる。

「あ、んっ、あん、……あぁんっ」

聞くに堪えない甘ったるい嬌声。淫らにうねる背中。

「すげぇ……締めつけてるぜ」

欲情と興奮を帯びた神宮寺の声が耳殻に響き、いよいよ射精感が限界まで高まる。

「も、……もう、出……出ちゃ…う、ん……あぁ――ッ」

たゆまず抽挿を送り込まれながら、首筋にくっと犬歯を立てられた刹那、太股がぶるっと痙攣して、びゅるるっと白濁が飛び散った。

「あ……あ……あ……」

脱力した体を後ろからぎゅっと抱き締められ、体の奥に熱い迸りを感じる。

侑希はくったりと背後の体にもたれかかった。ほぼ同時に果てた男の胸の中で荒い息を整えつつ、涙に濡れた瞳を瞬かせる。

(……変だ)

今日の自分はおかしい。達したのに、体の奥が熱く疼いて……。

まだ欲しがっている。

やがて——一度果ててもなお雄々しい神宮寺の雄が体内でずくりと動いた。

「あっ……」

「まだだ……先生」

耳許の昏い囁きに、体が——頭が、甘く痺れる。

「まだ……あんたが全然足りない」

6

「わかったよ。……うるせぇな。今から戻るって」

低い声を出していた神宮寺が苛立った手つきで携帯をバチッと折り畳む。

「お父さん？」

「叔父貴」

「無断外泊を叱《しか》られたか？」

その問いには答えず、むすっと不機嫌な顔つきのまま、神宮寺は携帯をスウェットのパーカのポケットに突っ込んだ。昨夜の変身の際に服はびりびりに破れてしまったので、今着ているのは侑希のスウェットの上下だ。サイズが合わずに若干袖《そで》やボトムの丈が短めだが、急場凌《しの》ぎなので致し方ないだろう。

「ああ、そうだ。ちょっと待っていなさい」

だるい腰を庇いつつ寝室へ向かった侑希は、大学時代に母親が買ってきてくれたはいいが、サイズが合わずに箪笥《たんす》の肥やしになっていたフリースのブルゾンをクローゼットの中から探し出し、リビングへ戻った。

「寒いからこれを上に羽織っていきなさい」

「いいよ。別に寒くねぇし」

「風邪を引かれたら困る。返すのはいつでもいいから」

渋る神宮寺にむりやりブルゾンを羽織らせて玄関まで見送る。そんな場合じゃないと頭ではわかっているのに、ついついお節介を焼いてしまうのは、生まれ持った性《さが》だった。

「寄り道せずにまっすぐ家に戻りなさい。いいね？」

侑希の念押しに、玄関口の神宮寺が唇の端を皮肉げに持ち上げる。

「さっきまであんなエロい顔であんあん喘いでたのに、急に教師面されてもな」

「な……っ」

「まぁ、あんたの場合、そのギャップがいいんだよな。やってる時とそうじゃない時の落差が激しいとこが」

「とっとと出ていけっ」

いけ好かないにやにや笑いを浮かべる男を蹴り出すようにして玄関の外へ追い出し、ドアをバタン！　と音高く閉めた。ガチャッと鍵をかけてから、はぁーと脱力する。

昨夜から今朝にかけてのめまぐるしい急展開にまだ思考が追いつかない感じで、頭の芯がクラクラと眩んだ。神宮寺の『秘密』を知っただけでも青天の霹靂《へきれき》なのに、そのうえ朝っぱらからまた淫らな行為を……。

神宮寺の雄を口で愛撫することを強いられ、屈辱であるはずの行為に高ぶった罪深い自分。心とは裏腹に、体が男に抱かれる行為に馴染《なじ》んできているのを感じる。

さっきだって……神宮寺の『秘密』を知って萎《な》えるどころか、知る前よりも感じてしまった。

この先、どこまで堕《お》ちていくのか。

明日の自分すら見えないことに重苦しい嘆息を零しながら、侑希は学校に連絡を入れた。

「すみません。午後からは出られると思うんですが……はい。ご迷惑をおかけしますが、よろしくお願いします。……失礼します」

体もキツイし、本音ではもう一日休みたかったが、午後からの、三月の卒業式と四月の創立六十周年行事に関する会議を欠席するわけにはいかない。

熱い湯に浸かって神宮寺との爛《ただ》れたセックスの余韻《よいん》を洗い流し、丸二日水分だけだった胃にヨーグルトをゆっくりと流し込んだ。風呂に入ってカロリーを摂取したおかげか、少しだけ気力が復活する。ショック療法ではないけれど、あまりに昨日の神宮寺の変身の衝撃が大きすぎて、鬱々《うつうつ》と淀《よど》んでいた気分が吹き飛んでしまったせいもあるかもしれない。

午後から学校に出た侑希は、会議が始まるまでの時間を使って、インターネットで『狼』をワード検索した。ヒットした記事の中から、自分が求めているものと思《おぼ》しきページをクリックして開く。そこに現れた写真は、まさに昨夜、自分が目にした野生動物そのものだった。

ふさふさした灰色の毛並みと、すんなり長い四肢。ぴんと立った耳。黄色く輝《ひか》る目。

写真に添えられたキャプションによれば——森林の伐採・開発における獲物の減少、狂犬病に対する誤解から横行した狼狩りにより、大型の蝦夷《えぞ》狼も小型の日本狼も、明治時代に絶滅してしまっている。その後幾度か出た残存説は、すべてが誤りであることが明らかになっていた。

この世から絶えて久しいその幻の『狼』が、こんな形で日本の地に生き残っているとは、誰が考えただろう。

人から狼へ、狼から人へと、自在にその身を変化させる——人でありながら狼でもある異形の存在。まるでアメリカンコミックのヒーローだ。

数学の教師ではあっても生物は苦手だったので、肉体の変化のメカニズムは皆目見当もつかないけれど、変身の過程を逐一この目で見たのだから信じるしかない。

片手で頬杖《ほおづえ》をつき、侑希はディスプレイの美しい獣の画像を見つめた。

ほんの数日前までの自分は、平凡な日常を日々淡々と生きていた。二十六年間、両親の死以外はこれといった波乱もなく、ドラマティックという言葉とは縁遠い人生。このまま地味な日常を繰り返し、積み重ね、凡庸《ぼんよう》に年を取っていくのだろうとぼんやり思っていた。

それが、不登校の生徒を訪ねた、あの日を境に生活が一変してしまった。

男の生徒にむりやり犯されただけでもかなりの衝撃なのに、その相手がよりによって『人狼』だなんて……。

――神宮寺一族の『秘密』を知った人間は殺される。

低い声音が蘇ると同時に、岩切と都築の顔が脳裏に浮かんで、首筋がひやっとした。鼓動が不規則に乱れる。

――これは、あんたと俺の……ふたりだけの『秘密』だ。

「ふたりだけの……『秘密』」

ひとりごちて、ふっと息を吐く。

神宮寺はこれから先、自分をどうするつもりなのだろう。

『秘密』を明らかにしたあともセックスを強要したところをみると、どうやら今後も体の関係を続けるつもりらしい。

なぜ？　神宮寺ほどの男が、なんで自分なんかを欲しがるのかわからない。その気になれば相手にはまったく困らないのに。

発情期だから？　ただの気まぐれ？

どれだけ頭を捻《ひね》っても、それくらいしか理由が思いつかない。

早めに飽きてくれればいいが、そうでなければ自分はずっとあいつのオモチャだ。なおさら、この先は一生、命にかかわるような重大な『秘密』を抱えて生きていかなければならない。身に余る『秘密』と先が見えない不安に胸が塞ぐ。

(これから……どうしよう)

胸中でため息混じりにつぶやき、眼鏡を外した侑希は、ジンジンと痺れる熱っぽい目蓋を指先でぎゅっと押さえた。


やむを得ない事態だったとはいえ、立花《たちばな》の前で変身してしまったのは痛かった。

おかげで神宮寺一族の『秘密』を明かさざるを得なくなり、結果的に立花は重い十字架を背負うこととなった。そうして自分もまた、身内に対して『秘密』を持つ羽目に陥った。

あの気の弱い男を、刃傷沙汰《にんじょうざた》になるほどに追い詰めてしまったことには、若干の罪悪感を抱かないでもない。自分でも、なぜここまで立花に執着してしまうのかわからない。いくら顔と体が好みでも、立花は男なのに……。だが、相手が男で年上の教師であろうとも、欲しいものを我慢することはできなかった。

不思議なことに、あの細い体を抱けば抱くほど飢餓《きが》感が増す。満足するということがない。こんなことは、発情期が訪れてから初めての経験だった。

立花が学校に出てこなかった日は、自分でも驚くほど苛立って、何も手につかなかった。

二日目の夜、ついに痺れを切らした峻王は、学校のサーバーに不正アクセスして立花の住所を入手し、自宅を訪ねた。

自宅まで押しかけてきた自分を見て、立花の白くて小さな顔は引きつっていた。

——こ、これ以上近寄ったら……本気で刺す、から。

教え子を刺してしまった衝撃に青ざめ、小刻みに震えていた痩身《そうしん》を思い浮かべる。

その罪悪感につけ込み、また抱いた。「裏切らないかどうか、体に確かめる」というのは口実だ。本当は、ただ欲しかった。自分の正体を知ったあとも、自分に抱かれた立花がちゃんと感じるのかどうかを確かめたかった。

立花自身は、自らの匂い立つようなフェロモンにまるで気がついていないようだが、自分と体の関係ができてから、回数を重ねるごとに芳香が強くなってきている気がする。もともと顔立ちはすっきりと整っていたが、ここ数日は憂《うれ》いを含んだ表情が妙にエロくてそそられる。抱き締めて、白い首筋から立ち上る甘い匂いを嗅ぐと、頭の芯がクラクラする。ちょっと力を入れればぽっきり折れそうに細い腰とすんなり長い手脚——余分な脂肪はひとつもないスレンダーな肢体は胸の中に抱き込むのにちょうどいい。肌理《きめ》が細かい肌は手のひらにしっとりと吸いつくようだし、感じている時の甘い喘ぎ声も絶品だ。綺麗で色っぽい泣き顔を見るとむらむらして、もっと泣かせたくなる。

とりあえず、今の自分はあの快感に素直で淫らな体にハマッている。顔を見ればすぐ抱きたくなるくらいに。それは認めざるを得ない。

だがそれと、一族の『秘密』を知られてしまった件は別だ。

口の軽いタイプとは思えないし、あれだけ脅しておけばまず大丈夫だと思うが。

(しばらくは側で見張る必要があるな)

立花に対する今後の対策を検討しつつ本郷の屋敷に戻った峻王は、玄関先でばったり兄の迅人と鉢合わせをした。ちょうど学校へ出かけるところだったらしい学生服の迅人が、朝帰りの弟を見とがめて問い質《ただ》してくる。

「おまえ、昨日外泊したんだって？　どこ行ってたんだよ？」

「別に。どこだっていいだろ」

しらばっくれると、兄は少し怖い顔になった。

「おまえと連絡つかないから、父さんたち、すげー心配してたんだぞ。『東刃会《とうじんかい》』の件があるから、しばらくは夜ひとりで出歩くなって釘刺されたばっかだっただろ」

「…………」

煩《うるさ》そうに眉をしかめる弟を上目遣いに見上げ、わずかに躊躇《ちゅうちょ》する素振りを見せてから、迅人が「おまえさ」と切り出す。

「ひょっとして誰か……好きな人とかできた？」

「……なんだよ、それ？」

「だってこの三日くらい様子が変じゃん。急に学校に行ったかと思うと一日中イライラして落ち着きがなかったりさ。もしかして昨日もその人のとこに泊まったんじゃねぇ？」

兄の指摘に峻王はむっと眉をひそめた。

「……好きじゃねぇよ。あんなやつ」

ぶっきらぼうな返答に迅人がぷっと吹き出す。

「やっぱそうなんじゃん！」

好奇心に目をきらきらさせて峻王に詰め寄ってきた。

「なぁ、どんな人？　かわいい？　それとも美人系？」

「だからそんなんじゃねぇって！」

苛立ちを隠さずに声を荒げた峻王が、兄の二の腕を鷲摑《わしづか》み、ぐっと引き寄せる。

「俺にはおまえだけだっていつも言ってんだろ」

弟の迫力に鼻白んだ様子の迅人が、唇を尖らせた。

「おまえがそう言ってくれんのは、単純に兄貴として嬉しいけどさ。でも、いつまでも兄弟でつるんでるわけにもいかねぇし、おまえに恋人ができたら俺も嬉し…」

「俺たちを本気で相手にする人間がいるわけねぇだろ？」

言葉尻を奪うように、峻王が凄みを帯びた低音を被せる。

「正体知られたらバケモノ扱いされて気色悪がられるだけだ」

畳みかけるようにシビアな言葉を重ねられ、迅人は息を呑む。

「……峻王」

「だから、俺たちにはお互いしかいねぇんだよ」

血を分けた兄を昏く輝る瞳で見つめて、峻王が低くつぶやいた。

「俺はおまえがいればいい。――他のやつなんかいらない」


逃げよう。

学校を辞めて、マンションの部屋も引き払って、どこか遠くへ逃げよう。

ここまできたら、もはや職場や仕事に執着している場合じゃない。ことは命にかかわる問題なのだ。幸い独り身だし、自分がいなくなることで心配するような身内もいない。貯蓄を切り崩せば、半年くらいはどうにか保つだろう。

ネットで拾った文献によれば、狼の繁殖期は冬から春先にかけて。初夏には終わるはずだ。最短でもそれまで東京を離れ、地方都市の片隅ででもひっそりと暮らす。

発情期が終われば神宮寺も目が覚める。そうすれば自分に対する興味も失うはず――。

(いや……駄目だ)

一族の『秘密』を知る自分の逃亡を、神宮寺は許さないだろう。たとえ神宮寺が許しても、御三家とやらが許さないに違いない。どんなに遠くへ逃げて身を潜めても、やくざのネットワークで探し出されてしまうかもしれない。

警察に相談してみようか。人狼の件は持ち出さずに、やくざに命を狙われているから助けて欲しいと相談して、どこかに匿《かくま》ってもらうことはできないだろうか。

でも、どこかってどこだ？　留置所か？

もしかしたら数日ならそれも可能なのかもしれないけれど、永遠にというわけにはいかない。

じゃあ、いっそ海外へ逃げる？

けれどこれは言葉の壁がある。旅行レベルの英会話ならともかく、数ヶ月単位で異国で暮らす自信はなかった。

（くそ。八方ふさがりだ）

その日、午後から夕方にかけて考えあぐね、職員会議のあとも引き続き悶々《もんもん》と思い悩みながら自宅マンションに戻ってきた侑希は、自分の部屋の前に長身の影を見つけて肩を揺らした。

黒のニットキャップ。やはり黒のダウンジャケットに迷彩柄《めいさいがら》のカーゴパンツ。足許はごついワークブーツ。ドアにもたれかかるようにしてＭＰ３プレーヤーを弄《いじ》っていた男が、こちらの気配に気がついて顔を傾ける。まっすぐ切り込むような視線を浴びて、コートに包まれた体がわずかに震えた。

——神宮寺。

今朝自宅に戻ったまま学校をさぼったらしく、校内で姿を見かけなかったから、少しほっとしていたのだが……ここで待ち伏せされるとは。——内心で唇を噛み締める。

(今日は絶対に部屋に上げないぞ)

胸に決意を秘めつつ、侑希は感情を押し殺した声で尋ねた。

「何しに来たんだ?」

耳からイヤホンを引き抜いた神宮寺が、MP3プレーヤーを腰のポケットに差し込み、代わりに足許の紙袋を摑んで持ち上げた。侑希のほうへ突き出す。

「服、返しに来た」

受け取った紙袋を覗き込むと、スウェットの上下とフリースのブルゾンがきちんと折り畳んで入っていた。

「ゆっくりでよかったのに」

本当は宅急便でよかったくらいだ。ありがた迷惑という言葉が脳裏をかすめたが、もちろん口には出さず、俯《うつむ》き加減に小声でつぶやく。

「わざわざ持ってきてくれたのに悪いが、これからちょっと用が…」

「それと、あんたを見張りに来た」

「………え?」

神宮寺の台詞に顔を振り上げ、漆黒の瞳と視線がかち合った。

「あんたが逃げ出さないように、できるだけ側で見張ることにした」

ついさっきまで逃亡の算段を練っていたことを見透かされたような気がしてどきっとする。焦った侑希は激しい口調で言い返した。

「何を言ってるんだ。誰にも言わないと言ったじゃないか」

そもそも一生見張ることなどできやしないのに。

「学校もあるのに逃げるわけがないだろう」

躍起になって反論しても、神宮寺はうろんげな目つきで侑希を見下ろすばかりだった。

「信用できない」

「……………っ」

「あんた、融通きかないっつーか、思い詰めると何をしでかすかわからないとこがあるからな。いきなりナイフ持ち出したりさ」

それを言われると弱かった。今朝のフェラチオが慰謝料代わりだったはずが、結局自分のほうがより気持ちよくなってしまったので、イーブンになった気がしない。

ぐっと詰まった侑希を強い眼差しでひたりと見据え、神宮寺が言い放った。

「だから、俺はあんたを見張る」


今になって思えば、あそこできっぱりと拒絶しなかったのがいけなかったのかもしれない。

ナイフの件のペナルティに逃亡を算段していた負い目も手伝い、『中に入れてくれるまでは帰らない』といった相手の気迫に負けて、ずるずると室内に入れてしまったその夜から――宣言どおり、神宮寺は侑希の部屋に入り浸るようになった。

先日の無断外泊で相当に叱られたのか、さすがに深夜一時頃には自宅へ帰っていくが、それ以外の時間は我が物顔で部屋でくつろいでいる。その堂々とした居座りっぷりは、どっちがホストでどっちがゲストなのか、わからなくなるほどだった。

しまいには、いつの間にか作っていたスペアキーで勝手に部屋に入り込み、残業で遅くなった侑希を出迎える始末。――これについては犯罪行為だとかなり怒ったが、唯我独尊の暴君にどこ吹く風と聞き流された。

日中の行動を見張るためなのか、学校へも毎日ちゃんと登校するようになった。朝は七時半には迎えに来て、学校まで一緒に登校する。当初は放課後も校内で待たれてしまい、気が散っておちおち残業もできないことに閉口した侑希が「絶対に逃げたりしないから」と約束して、やっと先に帰ってもらえるようになった。

近藤主任からは「どうやらきみに懐いているようだね。今後も上手くやってくれ」とえびす顔で労《ねぎら》われたが、侑希が他の生徒と話をしていると、威圧感バリバリで睨みをきかせるのには困った。例の『秘密』を漏らすことを疑っているのかもしれないが、おかげで生徒たちが怖がって質問にこなくなってしまった。

部屋に戻れば、二十四時間臨戦態勢でサカッている発情期の獣に襲いかかられる。

「ま、待てって……まだ、スーツ着たまま……やっ、あ……」

上着を剝がすのももどかしいといった性急さで求められ、繋がったとたんに激しくガツガツと貪られる。それも一度始まってしまうと一回では終わらないのだ。

「もう……無理だって……やっ……お願っ……む、り」

十代の滾《たぎ》るリビドーのままに何度も挑まれるのだからたまらない。

いい加減にしてくれと怒鳴りつけたかったが、相手が狼に変身する人狼だと思うと、うかつに刺激して怒らせるのも怖かった。結局、求められるがままに許してしまう。

神宮寺は若いし、発情期で体力・精力共に有り余っているかもしれないが、自分はもう若くない。もともとそう体力があるほうではないし、何よりセックスにおいて受け身なので肉体的にもキツかった。本来、男を受け入れるようには体が造られていないのだから無理がある。

たしかに十六歳という年齢が信じられないくらいに神宮寺の愛撫は巧みで、するたびに我を忘れるほど感じさせられる。セックス自体はものすごく気持ちいいけれど、二日と空けずにインサートまで強要されると、翌朝が辛かった。せめて口でイッて欲しくて、積極的にフェラチオをしてしまう自分が、もの悲しい。しかも、そんな涙ぐましい努力を神宮寺はまったく顧《かえり》みず、どんなに侑希が嫌がっても懇願しても、自分が最後までしたければ己の欲求を優先する。自分本意な俺様セックスを改めようとしない。半分獣だからなのか、基本的に本能が優先で理性は後回し。手加減というものがないのだ。

このままでは体が保《も》たない。本気でやり殺される。

回数を重ねるごとに、教師の身でありながら教え子と淫らな関係を結んでいることへの罪悪感

や背徳心は徐々に薄れ、どころか神宮寺に与えられる快楽に体がどんどん貪欲《どんよく》になっていってい
ることも恐ろしかった。明らかに初めの頃より自分の体は感じやすくなっていて、達するまでの
時間が短くなっている。人として不自然な行為に慣らされつつあるのだ。
　この調子で関係を続けていたら、今に神宮寺なしでは生きていけない体になってしまうのでは
ないか。男に抱かれずにいられない体に……。
　自分のほうから男を欲しがるようになるなんて、考えただけでぞっとする。
　切迫した焦燥感に駆られた侑希は、神宮寺が自宅へ帰ったあとの貴重なひとりきりの時間を使
って、密《ひそ》かに逃亡の準備を始めた。
　さしあたって必要な最低限の荷物を大型のバッグにまとめておき、クローゼットの奥に隠す。
本当に限界だと思った時には、このバッグを担いで逃げるつもりだった。
　荷造りが済んだことで少し気持ちが落ち着いて、ようやく他のことにも頭が回るようになる。
敵を欺《あざむ》くには、まず相手をよく知ることだ。そう思った侑希は、狼に関する文献をいくつか取り
寄せて読み始めた。
【狼はイヌ科動物で、主に北半球の北の部分に棲《す》んでいる。吻《くちさき》が尖り、四肢長く、立耳、垂尾の
痩せ形で、非常な速力と耐久力を持っている。イヌ科のうちで最も強く、最も恐れられている】
【住居は丘陵《きゅうりょう》の穴で、恒久的な一夫一婦の家庭生活を営む。それぞれの群れは百平方キロメー
トル〜千平方キロメートルの縄張りを持ち、移動する獲物を追って、数千キロメートルの旅をす
る群れもある。これほどの広範囲な狩り場を持つ哺乳類は他にいない。武器は速力と牙で、追い

詰めて倒す正攻法である。大きな獲物を襲う時は、数家族が集まって群れを成し、繁殖するペアをリーダーとして、極めて理知的な行動を取る】

その傍ら、レポートの作成や三月の学期末試験の問題の叩き台など、休んだぶんの溜まっていた仕事をこなしているうちに二週間があっという間に過ぎる。

その夜も、ツケを少しでも片づけるために残業して、マンションに戻ると部屋に明かりが点《つ》いていた。

また今日も来ているのか。

平日も休日も関係なく、本当に毎日欠かさず神宮寺は『見張りに』来ている。

そのうち飽きるだろうという予測はどうやらはずれだったようだ。残念なことに。

不用心にも鍵のかかっていないドアを開けて「ただいま」とつぶやいてから、部屋に自分以外の誰かがいる生活に慣れ始めていることに気がつき、侑希は顔をしかめた。……慣れてどうする。

神宮寺は例によって我が物顔でリビングのソファに陣取り、膝の上のノートパソコンを弄っていた。最新のＰｏｗｅｒ Ｂｏｏｋは、自宅から持ち込んできたものだ。それ以外にも本だのＣＤだのプレステだの着替えの服だの、少しずつ神宮寺の私物が増えてきている。

ため息をひとつ吐《つ》き、鞄《かばん》を椅子《いす》の上に置きつつ訊いた。

「夕飯は？」

「適当に食った」

その返答に視線を転じると、ダイニングテーブルの上には、ハンバーガーの残骸《ざんがい》らしきくしゃくしゃの紙が載っている。

「またファーストフードか。たまにはちゃんと野菜や米も食えよ。若いからって油断してると今にしっぺ返しを食らうぞ」

小言に神宮寺がちらっと顔を上げた。

「あんた、説教がオッサンくせえ」

「悪かったな。おまえから見たら、どーせオヤジだよ」

むっとして言い返す。と、神宮寺が片頬で笑った。その顔が、いつもの不遜で皮肉っぽい嘲《ちょう》笑《しょう》ではなく、ごく自然な笑顔だったことに意表を衝かれる。

年相応の、こんな表情もできるのか。

意外な発見をした気分でぼんやり神宮寺を眺めていたら、相手もじっと自分を見ていることに気がつき、侑希は気まずく目を逸らした。

「……おまえ、この部屋にいて楽しいか?」

「別に」

また「別に」か。首を振り振りコートを脱ぎかけていた手の動きが、ふっと止まる。

(ああ、そうか)

「別に」は神宮寺の口癖なのだ。なんとなく他者を寄せつけない排他的なイメージがあって、先入観から勝手に自分との会話など求めていないのだろうと思い込んでいたけれど。

コミュニケーションを拒絶しているわけではない証拠に、今も神宮寺はこちらを見ている。そう言えば、ふと視線を感じて振り返った瞬間に目が合うことが過去に何度もあった。あれは神宮寺なりのアプローチだったのかもしれない。

毎日のようにセックスをして、その体についてはわかっていても、それ以外のこと——食べ物の好き嫌いとか趣味とか嗜好《しこう》とか——は、ほとんど何も知らないことに改めて気がつく。こんなに長い時間を同じ空間で共有していて、まともに会話をしたことがないというのも異常だ。

「…………」

まだ自分を見ている、神宮寺のまっすぐな眼差しに息苦しさを覚え、侑希はネクタイのノットに手をかけた。

「たまには外で遊んだらどうだ？」

結び目に指を差し込み、きゅっ、きゅっと緩《ゆる》めながら話しかける。

「よくわからないが、若い子たちが集まるクラブとか、渋谷《しぶや》あたりにあるんだろ？」

本来ならば教師の立場上、未成年に夜遊びを勧めるべきではないとわかっているが、部屋に籠もって男とのセックスに耽《ふけ》るよりはまだクラブのほうが健全な気もする。外に出ることによって新しい出会いが生まれれば、そっちに関心が移るのではないかという期待もあったが、神宮寺の返答はつれなかった。

「クラブ？　たむろってんのは馬鹿ばっかだわ、うるせぇわ、おまけにヤニ臭ぇし最悪」

口振りから行ったことがあるらしいことは窺える。そのうえで「最悪」と言い切るならば、それ以上は無理強いできない。

「じゃあスポーツは？　何か運動系のクラブに入ってみるとか。ほら、おまえ、足がすごく速いじゃないか」

「たりぃ。どーせ本気出せねぇし」

その言葉を聞いて思い出す。目の前の男が人ならざる存在であることを――。

超高校生級と騒がれた走りも、神宮寺にしてみればまったく本気ではなかったのだ。

人狼である神宮寺が、月齢が満ちている時期に本気を出したら大変なことになってしまう。だから、どんな時も常に力をセーブしなければならない。本来のポテンシャルを存分に発揮することは許されないのだ。一族の『秘密』を護るために、生涯、人間にレベルを合わせることを自らに課して生きていかねばならない。

それがどんな気分なのか、凡庸な人間にすぎない自分には想像もつかないけれど。

『秘密』を知った今なら、学校での神宮寺の厭世《えんせい》的な態度も少しは理解できるような気がした。

「……狼の姿で思いっきり走ったら、さぞかし気持ちいいだろうな」

なかば無意識にぽつっと落としたつぶやきに、神宮寺が意外そうに両目を見開く。そのあとでじわりと双眸を細めた。

「狼の姿で出歩くことは掟《おきて》で禁じられてるけどな」

「掟を破ったことはあるのか？」

「一度だけ。中学の頃、修学旅行で行った北海道《ほっかいどう》で、こっそり夜中に抜け出して平原を駆けた」

「どうだった？」

そのたった一度だけの記憶をなぞるような目をしたあとで、低音が囁く。

「最高だった」

直後、美しい貌に浮かんだ極上の笑みに、侑希は思わず見蕩《みと》れてしまった。

「あの時は、心の底からこの体に生まれたことを感謝した。ただの人間じゃ、あの圧倒的な解放感と躍動感は味わえないからな」

「……そうか。そう言われると羨《うらや》ましくなるな」

微笑《ほほえ》み返す侑希を見つめて、神宮寺が静かにつぶやく。

「掟にがんじがらめで窮屈なことも多いけど、俺はこの血を誇りに思っている」

そう告げる男の顔つきは、息を呑むほどに気高く、絶滅に瀕《ひん》した一族の末裔である自負に満ちていた。


今夜はもうしないのかと期待したが、やはりそれは甘かったようだ。

侑希がスーツを脱ぐのを待っていたかのように寝室へ引きずり込まれ、ベッドに押し倒された。シャツを着た状態で下半身だけ剝かれ、ツボを心得た手つきで性器を扱かれる。手の愛撫で一回射精して、体の強ばりが解けた侑希の受け入れ態勢が整ったところで、神宮寺が後ろからゆっくりと入ってきた。

「ん、……うっ……はぁっ」

初めは探るようだった抽挿が、徐々にピッチを上げる。動物が交わるみたいな体位で一番奥まで勢いよく突き入れられ、濡れた淫蕩《いんとう》な音を立てて引き抜かれる。情熱を叩きつけるような激しい揺さぶりに、侑希はシーツをきつく握り締めた。涙でぼやけた視界がぶれる。前を扱かれながら同時に後ろを責められると、もう駄目だった。腰が自然と揺れて、濡れた嬌声が迸り出る。

「あっ……あっ……あ、ぁん……んんっ――――っ」

声が嗄《か》れるほど喘がされ、快感にむせび啼かされ――立て続けに二回達かされたあと、今夜は特に熱く激しかった情交に失神してしまったらしい。

ふと気がつくとベッドにひとりきりで、神宮寺の姿は寝室になかった。

(帰った……のか?)

軋《きし》む腰をさすりつつ、のろのろと起き上がる。散々喘がされたせいか、急激な喉の渇きを覚えた。気怠《けだる》いしぐさで体にまとわりついているシャツを脱ぎ捨て、スウェットの上下を着込む。キッチンへ向かう途中、通りかかったバスルームのドアから水音が聞こえてきた。どうやら帰ったわけではなく、シャワーを浴びているらしい。

キッチンに着いて、冷蔵庫からミネラルウォーターを取り出し、喉に流し込む。渇きが治まると、今度は空腹を覚えた。

最近自分でもびっくりするほど食欲が旺盛《おうせい》だ。そのわりには体重は増えず、むしろ減っている。つい先日も同僚の物理担当の女性教諭に「最近なんだか雰囲気が変わりましたよね。男の人にこんな言い方は変ですけど顔立ちがすっきり綺麗になって、全体的にほっそりされましたけど、どんなダイエットをなさっているんですか」と訊かれたばかりだ。毎日発情期のケダモノとセックスしていますとは言えずに、適当に誤魔化したけれど。

冷蔵庫の中には目ぼしい食べ物は何もなかった。歯磨き粉や食器洗剤など日用品で切らしているものもあったので、ダウンジャケットを引っかけ、コンビニへ買い物に出ることにした。

一瞬、書き置きを残すべきかとも思ったが、どうせ十分ほどだからと思い直す。

十五分後、コンビニ袋を手に戻ってきた侑希は、マンションの入り口のガラスの扉の前で仁王立ちしている神宮寺の姿に驚いた。

この寒空にジーンズにシャツを一枚羽織っただけの軽装だ。おまけに髪が濡れている。

「どうしたんだ？　そんな格好で風邪をひ…」

すべてを言い終わる前にぐっと腕を摑まれ、引きずるようにエレベーターに乗せられる。

「な、何？　一体どうしたんだ？」

険しい横顔から返答はなく、三階に到着するやいなや無言で箱から引きずり下ろされた。ドアを開けて部屋に入るなり、靴のまま寝室に連れ込まれる。

「………っ」

フローリングの床に、逃亡用のバッグが転がっていた。中身がすべてぶちまけられているのを見て、さーっと血の気が引いた。

（バッ——バレた！）

神宮寺から逃げようとしていることを本人に知られてしまった！

「タオルがなくてクローゼットの中を探してたら、奥から出てきた。ジッパーが途中まで開いて中身が見えていた」

感情を押し殺したような淡々と抑揚のない低音が、かえって恐怖心を煽《あお》る。

「こ、これは……ち、違…っ」

なんとか言い逃れようと弁明の言葉を探している最中、荒々しくベッドに押し倒された。その本性である獰猛《どうもう》な野性を漲らせ、ギラギラと輝る双眸。自分を組み敷く男が纏う、殺気立ったオーラに全身の産毛《うぶげ》が総毛立ち、悪寒にぶるっと身を震わせた時だった。

「俺から……逃げるな」

じわじわと身を倒してきた神宮寺が耳許に低く囁く。

「神…宮…寺?」

驚きに侑希はゆるゆると瞠目《どうもく》した。

「あんたは俺のものだ」

「……神……」

「俺から逃げることは……許さない」

十六歳とは思えないほど不遜でふてぶてしく、ナイフを突きつけた時ですら動じなかった男の声が——震えている?

「逃げたら……殺す」

脅迫を紡ぐ声が、懇願に聞こえるのはなぜだろう。

いつもは忘れている神宮寺の若さを感じて、胸を衝かれる。

欲しいものを、力ずくで奪うことしかできない――その未熟さと脆《もろ》さ。

思えばまだ十六歳。熾烈《しれつ》な宿命を背負うには、あまりに年若く、危うい。

誰にも言えない『秘密』を抱えている身では、心を許し合えるような友人を作ることは難しい。

以前、まだ神宮寺とこうなる前に、遠目から見た彼を孤高と感じたのは間違いではなかった。この少年は、本当に孤独なのだ。心を許せるのは真実を知る一握りの身内だけで……。

「俺の……ものだ」

熱っぽい声音で繰り返した男に、縋るみたいにぎゅっと抱き締められる。

今まで生きてきて、こうまで自分に執着し、欲しがってくれた人間がいただろうか。

二十六年間、誰も自分を特別に愛したりはしなかった。絶対的に必要とされた記憶もない。他界した肉親でさえ、ここまでではなかった気がする。

たとえ子供っぽい独占欲であったとしても、それでも今、この手の先にあるぬくもりは本物だ。

今この瞬間、神宮寺が狂おしく求め、抱き締めているのは――。

(自分だ)

男の背に腕を回した侑希は、荒ぶる心を宥めるように、あたたかい身体をそっと抱き返した。

7

気がつくと神宮寺《じんぐうじ》のことを考えている。

パソコンの画面から顔を上げ、眼鏡を外した侑希はふっと息を吐いた。今も次の試験問題について思案しながら、頭の片隅では神宮寺のことを考えていた。灰褐色の美しい獣のことを。

せっかく素晴らしい能力を持っているのに、その力を一生発揮することはできない。『秘密』を抱えている以上は、本当の意味での友人や恋人も作ることができない。もし『秘密』が公《おおやけ》になってしまったら、見せ物のように世間の好奇の目に晒《さら》され、下手《へた》をすれば神宮寺自身が言っていたように「アメリカの研究機関に送られて」しまうかもしれないのだ。

——中学の頃、修学旅行で行った北海道で、こっそり夜中に抜け出して平原を駆けた。最高だった。

あの時、美しい貌《かお》に浮かんだ極上の笑みを思い出すと、胸が切なくなる。

たった一度の思い出を胸に刻んで、この先も一生掟《おきて》に縛られ、生きていくのか。

もう一度。一度でいいから、好きなだけ、気が済むまで狼の姿で走らせてやりたい。

そんなことを思うのは余計なお節介で、神宮寺自身の求めるところではないのかもしれない。

それでも……。

「ただいま」

「お帰り」

夜の八時過ぎに学校から戻った侑希《ゆうき》を、玄関口の神宮寺が出迎える。こんなふうに玄関まで迎えに来るようになったのは、ここ二週間のことだ。正確に言えば、逃亡用のバッグが見つかってしまってから以降。

今日は八時台だからまだいいが、九時を過ぎるとマンションの入り口で待っている。寒いからやめなさいと何度言ってても言うことをきかないので、仕方なく、九時より遅くなる時はその旨を神宮寺の携帯に連絡するようになった。事実上門限ができたようなもので、自分が年頃の娘にでもなったような複雑な気分になる。

「遅かったな」

「ああ、ちょっと立ち寄ってきたから」

「ふーん」

どこに？　と訊《き》きたいのを我慢している顔。

当初は、人並み以上に造作《ぞうさく》が整っているせいもあって、いつどんな時も人を見下しているような傲慢《ごうまん》な顔にしか見えなかったが、最近では、不遜《ふそん》な仮面の下の微妙な感情の変化が読めるようになってきた。些細《ささい》なことで拗《す》ねたり、喜んだりと、案外年相応のかわいいところもあることに気がつく。もしかしたら、口数が少ないために誤解されることも多いのかもしれない。

ちなみに、あのバッグは見つかった翌日、中身ごと神宮寺に捨てられてしまった。

いっこうに改まらない横暴な態度に加え、日に日に束縛がきつくなってきているが、不思議と前のように逃げたいとは思わない。以前は息苦しいだけだったふたりで過ごす時間を、さほど苦痛と思わなくなっている自分が、たしかにいるのだ。

体だけでなく、精神も慣らされつつあるのだろうか。

順応性が高すぎるのも問題かもしれないと思うけれど……。

寝室でスーツからニットのハイネックセーターとコーデュロイのボトムに着替えた侑希は、リビングへ戻ると、実につまらなそうな表情でテレビのバラエティ番組を観ている神宮寺に話しかけた。

「おもしろいか?」

「別に。どっちかってーとくだらねぇ」

「だったらこれからドライブをしないか?」

「えっ?」

よほど思いがけない誘いだったのか、めずらしく両目を大きく見開いて、困惑を露《あらわ》にしている神宮寺を、少し楽しい気分で眺める。

「ドライブって……あんた、免許持ってんの?」

やがて、かなり疑わしげな面持ちで、神宮寺が質問を投げかけてきた。

「馬鹿にするな。これでも大学は実家から車で通っていたんだ」

「へぇ……意外。でもあんた、車は持ってないだろ？」

「レンタカーを借りた」

先程立ち寄ったと言ったのはレンタカーショップで、実はすでに４ＷＤを借りて、近所のコイン・パーキングに停めてあった。そう説明すると神宮寺は訝《いぶか》しげに眉根を寄せる。

「何その仕切りの早さ。急にどういった風の吹き回しだよ？」

「毎日顔を合わせているのに、おまえとはどこかに一緒に外出したことがないし、たまには外の空気を吸うのもいいかと思ってな」

まだ不審げな眼差《まなざ》しの男を「いいから、出かける用意をしろ」と急《せ》き立て、侑希自身も必要なものを大きめのバッグに詰めた。

ニット帽を被《かぶ》り、ダウンジャケットを着込んだ神宮寺を駐車場まで連れて行き、助手席に乗せる。シートベルトをしてからイグニッションキーを回してエンジンを少しあたためため、ミラーで後方を確かめながら、ゆっくりと慎重に駐車スペースをバックで出た。パーキングから、満月に照らされた明るい道へ滑り出す。

「……本当に運転できるんだ」

国道を走り出して五分ほどしてやっと、神宮寺が納得したような声をぼそっと落とした。

「と言ってもブランクがあるし、スノータイヤだから安全運転で走るが」

「で？　行き先は？」

「上手《うま》く辿《たど》り着けたら教える」

「なんだ、それ」

隣りの男が苦笑したあとで、「ま、いいか」というように肩を竦《すく》めた。

ドライブの最中はずっと、神宮寺が持ってきたCDをかけていた。新しい音楽に疎《うと》く、クラシック専門の侑希は初めて耳にする曲ばかりだったが、どれも意外と好みに合った。若い子が聴く音楽なんてきっと肌に合わないと思っていたのに。

高速に乗って走ること約三時間余り。長野《ながの》県の松本《まつもと》インターチェンジで高速を降り、今度はカーナビを頼りに山道をぐるぐると蛇行しながら走る。途中で雪がぱらつき始めた。気がつけばいつしか窓の外の風景はすっかり雪景色で、対向車もほとんどいない。人家の明かりもまばらだ。いくつか山を越えたあたりで不意に視界が開ける。見覚えのある景色だった。

(——ここだ)

山間にぽっかりと拓《ひら》けた平地の道端に侑希は四駆を停めた。エンジンを切り、雪の降り積もった地面に降り立つ。神宮寺も助手席から降りてきて隣りに立った。

「すっげーとこだな」

目の前に広がる、人間はおろか動物の足跡ひとつない、まっさらな雪の絨毯《じゅうたん》に圧倒されたように、神宮寺がつぶやく。

「昔……学生時代に一度だけ来たことがあるんだ。やっぱり夜中のドライブで道に迷って、たまたま偶然ここに辿り着いた。あんまり綺麗《きれい》だったから記憶の片隅に残っていて……」

暗闇にぼーっと白光したように浮かび上がる広大な平地を前にして、侑希は目を細めた。

「あれから五年以上経《た》っているけど、まったく変わっていないな」

ひとりごちるようにつぶやいてから、傍らの神宮寺へと視線を転じる。

「おまえを連れてきたかったんだ」

「……先生？」

「場所がはっきりわからなくて、ちゃんと連れて来られるかどうか自信がなかったんだが、なんとか辿り着けてよかった」

「………」

「ここなら誰にも見られる心配はない。好きなだけ狼の姿で野山を駆け回ることができる」

神宮寺の双眸《そうぼう》がじわじわと見開かれた。

「せっかくの満月なのに、都会じゃ夜の散歩もままならないだろ？」

微笑《ほほえ》みかけると、神宮寺がふっと唇の片端を持ち上げる。

「気がきいてるじゃん」

言うなり肩を翻《ひるがえ》した神宮寺が、おもむろに白銀の大地へと足を踏み入れた。脹《ふく》ら脛《はぎ》までの雪を踏み締め、奥へ奥へと進みながら帽子を取り、ダウンを脱ぎ捨て、衣類を徐々に取り去っていく。

均整の取れた褐色の裸体を晒した神宮寺が、雄大な自然の中で本来の姿へ――灰褐色の狼へと、その姿を変える。

月の光を浴びて雪山を嬉々《きき》と駆ける若き狼王の姿を、侑希はうっとりと眺めた。

この姿が見たかった。

あの夜から胸に点《とも》った願望。誰に憚ることなく、狼の姿で野山を駆け巡らせてやりたい。それには、いつか見たあの平原がベストロケーションだと思いつき、数日前から密《ひそ》かに準備をしていたのだ。

想像していたとおりに、いやそれ以上の、躍動感と野生美に溢《あふ》れる走り。

雪の平原を縦横無尽に駆け回っていた狼が、立ち並ぶ樹木の奥へと消えていく。その姿が見えなくなってしばらくすると、「アオーッ」という遠吠えが白銀の世界に響き渡った。

高いソプラノから始まって「アオゥ、アオゥ、アオゥ」とアルトが続く。最後は「オ――……」という低いバリトンで結ばれた。

(……綺麗だ)

狼の遠吠えを初めて聞いたが、魂が揺さぶられるような朗々たる美声だ。それでいて、聞くものすべてを服従させるような圧倒的な力強さがある。もし遠吠えが届く範囲に飼い犬がいたら、今頃尻尾《しっぽ》を巻いて震え上がっているのではないだろうか。

時折思い出したようにはらはらと粉雪が舞い落ちる白銀の中に佇《たたず》み、侑希は美声に聞き惚《ほ》れた。

やがて厚手のハーフブルゾンの中にまで冷気が染み込んできて、ぶるっと小さく震えた頃、樹木の間から小さな点が現れる。その黒点がみるみる大きくなり、タッ、タッ、タッと軽やかな足取りで駆け寄ってきた狼が、侑希の一メートルほど前でぴたりと止まった。

「………」

じっと自分を見つめるその黄色い瞳の奥に、神宮寺の気配を感じる。前の時はわからなかった

けれど、今はたしかに感じる。

(触りたい)

しかし、いつか読んだ文献に、狼の周囲三十センチから六十センチは侵してはならない領域だと書いてあったので我慢した。野生の動物に人間が無闇に触れてはいけないのだ。

触れたい衝動をぐっと堪《こら》え、ふかふかの毛並みを黙って見つめているうちに、狼がゆらりと動いた。目と目を合わせたまま、ゆっくりとこちらに近づいてきたかと思うと、目の前でターンをして体を横向ける。

(これって、たしか……)

体を横向きにするのはグルーミングを求めているサインだという記述を思い出した侑希は、おずおずと右手を伸ばして狼の背中に触れてみた。手のひらに感じる体毛は、冬毛のせいか思っていたよりも硬くて、少しごわごわしている。毛の流れに沿ってそろそろと撫《な》でても狼は嫌がらなかった。されるがままにじっとしている。そうなるとまた欲が出てきた。

身を屈《かが》めて雪に膝《ひざ》をつき、狼の首筋をそっと抱き締める。

灰褐色の体毛に覆われた体はがっしりと筋肉質であたたかかった。

人間の神宮寺と抱き合っている時と同じ——。

「……あったかい」

頰《ほお》を毛皮にすりすりと擦《こす》りつけ、吐息混じりにつぶやくと、首を曲げた狼が湿った鼻面を押しつけて、くんくんと匂いを嗅《か》いでくる。赤い舌でぺろっと顔を舐《な》められた侑希は首を縮めた。

「こら。くすぐったいよ」

人間に戻った神宮寺の雪で濡《ぬ》れた頭を、侑希はタオルでごしごしと拭《ふ》いた。車内は暖房が効いていたが、念を入れて肩の上からフリースのブランケットをかけてやる。もし風邪でも引かれたら自分の責任だ。

「ほら、あったまるから呑《の》め」

持参した携帯用のポットからコーヒーをマグカップに注いで手渡すと、神宮寺は「サンキュー」と素直にカップを受け取った。

「美味《うま》い」

本当に美味そうにコーヒーを啜《すす》ってから、人心地がついたようにふーっと息を吐く。しばらくフロントウィンドウの向こうの雪山を眺めていたが、不意に顔を捻《ひね》って侑希のほうを見た。狼の時と同じように、まっすぐと侑希の目を捉《とら》えて問いかけてくる。

「あんたさ……俺が怖くないのか？」

改めてその疑問について胸中で自問自答したのちに、侑希は首を左右に振った。

「怖くはない」

「怖くない？　狼に変身するバケモノだぜ？」

神宮寺が片方の眉を吊り上げ、自嘲《じちょう》めいた声音で念を押してくる。

「少なくとも、狼の姿の時は怖くない」

その言葉に偽りはなかった。なぜかは自分でもわからないけれど、怖くないのだ。どちらかといえばその強さと野性的な美しさに対して憧憬《どうけい》に似た念を抱いている。

「人間のおまえのほうがよっぽどケダモノだ」

眼鏡越しに睨《にら》みつけながら付け加えると、神宮寺がにっと唇を横に引いた。

「あんたって気ぃ弱そうでいて、いざとなると肝が据わるタイプなのかもな。俺が初めて変身した時も、狼の前でぐっすり眠ってたくらいだし」

神宮寺の指摘に、侑希はうっと詰まる。たしかに、あの状況下で朝まで眠りこけてしまったのは、我ながら図太いとしか言いようがないが。

「あれは……ずっと寝ていなくて寝不足だった……から」

へどもどと言い訳をしていたら、神宮寺の口角がくっと持ち上がる。

「それにしたってさ」

(あ、笑った)

心からのものとわかる、無防備で無邪気な笑顔。

今まで見た中でも一番明るい笑顔につい見蕩《みと》れてしまい——魅入られたようにじっと見つめていたら、ふっと神宮寺が口許を引き締めた。真剣な視線と視線が絡み合い、沈黙が落ちる。

視線の先の肉感的な唇が薄く開いて、かすれた声が呼んだ。

「……先生」

初めて耳にするような切なげな声音に、とくんっと鼓動が跳ねる。それで鎮《しず》まることなく、心臓の音が煩《うるさ》いくらいに騒ぎ出した。

なんで、こんなに胸がドキドキするんだ？

「あんたって、どうしようもなくお人好《よ》しだし、時々うざいくらいにお節介だけど……でも」

でも？

続きを待っている間にも神宮寺の美しい貌がゆっくりと近づいてきて、吐息が唇に触れる。至近からの強い視線に押し負けるように目を伏せた刹那《せつな》、熱っぽい感触が重なってきた。

（あ……）

しっとりと熱を帯びた唇を受けとめた瞬間、肩がぴくんっと震える。

今——神宮寺とキス……してる？

あんなに何度もセックスはしたのに、キスをするのは初めてなんだと出し抜けに気がつき、とたんに全身がカーッと熱くなった。鼓動がひときわ激しく打ち出して、眦《まなじり》も熱を持って潤み出す。

「ん……」

啄《ついば》むように唇を吸われた。こんなにやさしく触れてくるのは初めてで……いつもと違う神宮寺に戸惑いつつも、胸の動悸が鳴りやまない。

何度か、触れるだけのキスを繰り返したあと、濡れた舌先でせがむみたいに隙間《すきま》をつつかれた。反射的にうっすらと開いた唇の間に、硬い舌がするりと忍び込んでくる。びっくりして身を引きかけた肩を摑《つか》まれ、ぐっと引き寄せられた。胸の中に抱き込まれて、さらに喉《のど》の奥深くまで貪《むさぼ》られる。

「ん、んっ……うっ、んっ」

歯列を割られ、舌を搦め捕られ、唾液を啜られ――徐々に深まるくちづけに頭の芯が朦朧《もうろう》としてきて、力が抜ける。ぐずぐずに頽《くずお》れそうな自分を支える男の力強い腕に、いつしか侑希は夢中でしがみついていた。


ドライブの夜から、神宮寺のセックスが変わった気がする。

以前はただひたすら強引で奪うだけだったのが、前戯《ぜんぎ》が丹念になった。侑希が気持ちよくなるまでじっくりと、時間と手間を惜しまず、全身にくまなく愛撫を施す。額《ひたい》や頬や鼻や耳、首筋を舐め、肩口をやさしく甘噛みする（これはどうやら狼が親愛の情を示す表現方法のひとつらしい）。

何より一番驚いたのは、こちらのコンディションを慮《おもんぱか》るようになったこと。侑希が疲れている素振りを見せれば、たとえ自分がしたくても我慢するようになった。前は嫌がったゴムもちゃんとつけるようになった。

相手の体調などお構いなし、自分の欲望が最優先で、欲しいと思えば本能のままに即押し倒していたのが嘘のようだ。俺様な大型犬がようやっと『待て』を覚えたようなものだろうか。

そうして初めてのくちづけ以来、頻繁にキスをせがむようになった。

侑希が学校から帰って来た時に玄関で交わす『ただいま。お帰り』のキスから始まって、神宮寺が家に戻る際の玄関の『じゃあ、また明日。お休み』のキスまで。その間も、すっかりキス魔と化してしまった男に、隙あらば唇を奪われる。

変化はそれだけじゃない。部屋にいる間中、侑希の体に触れていたがるようになった。前は同じ部屋の中にいても、それぞれがばらばらに過ごしていて、関係は至ってドライなものだった。スキンシップがあるのは、それこそセックスの時だけ。

それが今は、ふと気がつくと後ろにいる。テレビもＤＶＤも、ソファで侑希を腕の中に抱き込みながら観る。なおさら観ている最中も、髪を弄《いじ》ったり、撫でたり、こめかみや頬にキスしたりと、忙《せわ》しない。そうしていないと逆に神宮寺のほうが落ち着かないようだ。

侑希自身、そういったスキンシップは不快ではなかった。正直に言えば、神宮寺に甘やかされたり、やさしく扱われることは心地いい。

しなやかで張りのある若い体に包まれ、たしかな心臓の鼓動を背中に感じることを気持ちいいと感じてしまう自分を、否定することはできない。

特にセックスのあと、気怠《けだる》い体を神宮寺に預けた状態で、後戯のような軽いボディタッチを受けるのは気持ちよくて癖になる。一日のうちで一番甘くて、心安らぐ時間だ。

「なぁ、そろそろ帰ったほうがよくないか？」

それでもやはり教育者としての倫理観が働く。

「もう少し……側《そば》にいたい」

「もう少しって、さっきからもう三十分経っているぞ」

「だから、あと十分」

「本当にあと十分だな？　十分経ったらちゃんと帰れよ」

敢《あ》えて厳しい声を出したら、むっとした十六歳に耳をかぷっと噛《か》まれた。

「痛っ。馬鹿、犬歯で噛むな。尖《とが》ってるんだから」

「あんた、そんなに俺を早く帰したいのかよ」

「早くないだろう。もう三時過ぎてる。帰らないと家の人たちが心配するし、また岩切《いわきり》さんに怒られるぞ」

「家族なんか関係ねぇよ。俺は……あんたと朝まで一緒に過ごしたい」

思い詰めた表情でそんなふうに言われると胸の奥が甘苦しく疼《うず》いたが、年上としてはここで流されるわけにはいかなかった。

「おまえが起きないなら俺が起きる」

「駄目だ。まだ十分経ってない」

そんなやりとりの末、起き上がろうとするたびベッドに引きずり込まれ、年長者としての抑制心をキスで蕩《とろ》かされ――体が離れるのを嫌がる神宮寺をどうしても突き放すことができずに、ついにはずるずると朝まで一緒に過ごしてしまった。

体の関係ができてから初めて、抱き合ったままベッドの中で共に眠り、朝を迎える。

翌朝は目蓋《まぶた》へのキスで目覚めた。寝起きでもまるで遜色のない美貌の男に、耳朶《じだ》を甘噛みしながら「したい」と熱っぽく囁《ささや》かれ、まだ完全に覚醒しきっていない体を組み伏せられた。力の入らない両脚を大きく開かされて、しどけなく口を開けた後孔《こうこう》に先端がめり込んでくる。熱く猛《たけ》ったたくましい雄《オス》でじりじりと犯される感覚に、侑希は眉をひそめて喘《あえ》いだ。

「う、ん……大き…っ」

すべてを埋め込むやすぐに神宮寺が動き出す。硬い切っ先で小刻みに何度も奥を突かれているうちにだんだん快感が高まってきて、仰向いた喉から甘ったるい嬌声《きょうせい》が零《こぼ》れた。

「あ、ん……んっ……あ、ぁ、ん」

早朝から教え子とのセックスに溺《おぼ》れている自分に罪悪感を覚えたのも一瞬。朝から抱き合っているという新鮮なシチュエーションがもたらす興奮に、罪の意識もうやむやになってしまう。

深く腰を入れつつ神宮寺がくちづけてきて、侑希も必死に舌を絡めて応えた。

「んっ、うん……ん――っ」

唇を合わせ、舌をちゅくちゅくと絡ませ合ったまま、ふたりで一緒に高みへと駆け上がる。達すると同時にぎゅっと抱き締められ、顔中にキスが降り注いだ。

「すげぇ……よかった」

満足そうな表情を複雑な心境で見上げる。念願叶《かな》って朝からセックスできた神宮寺はご機嫌だったが、年下の男の勢いに流されてしまった侑希はそのあとでどっぷりと落ち込んだ。

(ついにやってしまった……)

教師という立場でありながら生徒に無断外泊させて、マンションから登校させてしまった。

いや、いまさら無断外泊なんかに拘《こだわ》るのもおかしな話だ。そんな小さなタブーよりもっと、自分は重い罪を犯している。

教師と生徒。男同士であること。未成年との淫行《いんこう》。

そのうえ相手は人狼で……。

なぜ？　自分でもわからない。いつからこうなってしまったんだろう。

——いつから……？

好きになっていいことなんかひとつもないのに。

——好き……？

自分の思考に眉をひそめた侑希は、ぽきっというチョークが折れる音ではっと我に返った。視界の中に映り込むのは、自分の字で綴《つづ》られた書きかけの数式。

「あ……」

板書中であったことに気がつき、あわてて折れた白墨の片割れを床から拾う。顔を上げた瞬間、最後列の神宮寺と目が合って、どきっと心臓が跳ねた。たった今、授業そっちのけで彼のことを考えていたことを、当人に覚《し》られてしまった気がして、眼鏡を持ち上げる素振りで視線を逸《そ》らす。

（頭を切り換えて授業に集中しろ）

自分に言い聞かせた侑希は、書きかけの数式にむりやり意識を集中した。どうにか残りの授業を終わらせて教材の片づけをしていると、男子生徒に声をかけられる。

「先生、今日の授業の三角形の五心について質問なんですけど」

「ああ……何？」

「垂心と傍心について、もう一度説明してもらっていいですか」

「ごめん、ちょっとわかりづらかったかな」

前半上の空だった自分を反省して、ふたたび黒板に向かった。

「じゃあ、まず垂心から説明しようか」

チョークで三角形を書く。

「この三つの頂点から対辺に引いた垂線は一点で交わる。この交点を垂心と言うんだ。ひとつの内角の二等分線と他のふたつの外角の二等分線が傍心。証明は、この図のように、∠Bと∠Cの外角の二等分線の交点Jから各辺、またはその延長上に引いた垂線の足をD、E、Fとする――」

侑希は図形の隣りに数式を記した。

「ああ、なるほど。傍心は三つあるんですね」

「そのとおり。今の説明でわかったかな?」

「わかりました。ありがとうございました」

「次、僕も質問していいですか」

いつの間にか、彼の後ろに別の男子生徒が控えていた。よほど授業がわかりづらかったのか。

内心冷や汗を掻《か》きながら、続けて何人かの生徒の質問に答えていると、いきなりその輪を掻き分けるようにして長身の生徒がぬっと割り込んでくる。

「俺も質問があるんだけど」

「神宮寺?」

強引に割り入ってきた神宮寺が威嚇《いかく》するように左右を睨《ね》めつけたとたん、「あ、じゃあ僕はいいです」「僕も」と口々につぶやいて、生徒たちがそそくさと散らばっていった。神宮寺とふたりで取り残された侑希は、逃げていった生徒をまだ睨みつけている彼から、気まずく目を伏せる。

「……めずらしいな。おまえが質問なんて」

「気をつけろよ」

耳許で低く囁かれ、「え？」と視線を上げた。

「あんた最近妙にエロい顔する時あるから。あいつらそれに引き寄せられてんだよ」

意味がわからずにぽかんとする。エロい顔？　引き寄せられる？

「何をわけのわからないことを言ってるんだ？　彼らが質問に来たのは、俺の授業がわかりづらかったからで……ああ、それと試験が近いからだろう」

「……無自覚かよ。質悪《たちわる》ぃな」

忌々《いまいま》しげにちっと舌打ちした神宮寺が、一転、不敵な表情を浮かべる。

「ま、どんだけ群がろうが片っ端から追っ払うからいいけど」

そのふてぶてしくも魅力的な貌に一瞬見蕩れてしまったあとで、ここが教室であることに気がついた。ぎくしゃくと教卓に向き直り、教材の片づけを再開する。

「じゃあ、質問がないならこれで……」

「ああ、また夜にな」

それには答えず、侑希は逃げるようにあたふたと教壇を下り、教室を出た。廊下を早足で歩きながら、さっき授業中に封印した問いをふたたび思考の俎上《そじょう》に載せる。

（神宮寺が……好き？）

教え子としてでなく、弟分としてでもなく、恋愛感情として好きなのか？

たしかに、神宮寺とセックスするのは嫌いじゃない。キスも嫌じゃない。抱き締められると心が安らぐ。感情表現が下手で対人関係に不器用な男をかわいいとも思う。

だけど、これが恋愛感情なのかどうかがわからない。神宮寺は、恋愛初心者である自分にとって、あまりにもハードルが高すぎる相手なのかもしれなかった。

自分の回答が出ないままに、新しい疑問が湧《わ》いてくる。

神宮寺のほうは、どうなのだろう？

初めは気まぐれだと思っていた。どうせすぐに飽きると高をくくっていた。けれど、予想に反して神宮寺が飽きる気配はなく、どちらかというと日に日に執着心と独占欲が激しくなってきている。他の女と会っている素振りもない。少なくともこのひと月余りは自分一筋だ。

【狼は恒久的な一夫一婦の家庭生活を営む】

——俺たちは十代の後半で初めての発情期が訪れるんだ。その間に生涯のつがいの相手を探し、巡り会えた場合は、伴侶《はんりょ》と決めたその相手と一生涯を共にする。

文献で読んだ狼の生態と、いつかの神宮寺の言葉がふっと頭に浮かぶ。さらに昨晩の熱っぽい懇願。

——家族なんか関係ねぇよ。俺は……あんたと朝まで一緒に過ごしたい。

（も、もしかして）

もしかしたら……神宮寺は自分のことが……好き？

そう思い至った瞬間、胸がざわざわと騒ぎ出す。発作のような激しい動悸に襲われて、思わず左手で胸を押さえた。……うわ。心臓がバクバク言ってる。

駄目だ。このままでは次の授業に支障をきたす。この件はいったん保留にして、家でじっくり考えよう。

浮き足だったふわふわと覚束《おぼつか》ない足取りで職員室に戻った侑希は、自席に腰を下ろした。とりあえず次の授業の準備を始めたところで机上の電話が鳴り出す。事務局からだった。

『立花先生に保護者の方からお電話です』

いったん保留音が流れ、ほどなく外線と繋がる。

「お電話代わりました、立花です」

『立花先生ですか。わたくし、神宮寺と申します』

凛と涼しげな男性の声が名乗った。

『先生のクラスの神宮寺峻王の父です』

（お、お父さん!?）

衝撃にあやうく受話器を取り落としそうになる。凍った棒を突っ込まれたみたいに、背筋が一瞬で冷えた。

きっと無断外泊の件だ。神宮寺は「親は適当に誤魔化す」と言っていたけれど。

うちに泊まったことがばれている……？

衝撃に声を失い、受話器を握り締めたまま固まっていると、電話口の声が淡々と告げた。

『息子の件で先生にご相談があります。つきましては大変にお手数をかけて申し訳ありませんが、拙宅《せったく》までご足労いただけませんでしょうか』

8

神宮寺の父親の神宮寺月也《つきや》は、『やくざの組長』という肩書きがまるでそぐわない容貌の持ち主だった。

以前も一度通されたことのある本郷《ほんごう》の屋敷の客間で、着物姿の麗人と正座で向かい合った侑希は、密かにその美しさに圧倒されていた。

艶《つや》やかな黒髪と白磁の肌。小さな貌に収まった造作はすべてが繊細で、精巧なアンティークドールのようだ。——そもそも年齢がわからない。高校生の親というからには、自分より年上であることは間違いないはずだが。……とてもそうは見えない。

つい不躾《ぶしつけ》にも、目の前の美貌にまじまじと見入ってしまってから、ふと気がつく。

（そうか。神宮寺の父親ということは、この人も人狼なのか）

この美しい人が変身したあとの姿がちょっと想像つかない。

たしかに常軌《じょうき》を逸《いっ》した、人ならざる美しさではあるけれど……。

「本日はお呼びだてして申し訳ありませんでした」

うっすらと赤みを帯びた唇が開き、その美貌に相応《ふさわ》しい涼しげな声が切り出す。

「早速《さっそく》なのですが、峻王が立花先生のお宅に毎日のようにお邪魔しているというのは本当でしょうか」

「……………っ」

いきなり核心に切り込まれて、思わず肩が小さく揺れてしまった。

（やっぱり……知られている）

和座卓を挟んだ近距離からまっすぐな視線を浴びた侑希は、とっさに否定も肯定もできずに、こくっと息を呑む。やがて、鳩尾《みぞおち》のあたりから重苦しい感情がじりじりと迫り上がってきた。

彼の息子と自分は肉体関係を持っているのだ。それも二日と明けずに抱き合っている。

その事実を改めて嚙み締めるほどに罪悪感が込み上げてきて、肉親を前に気まずく目を伏せる。

「峻王はあのとおりの気性です。幼少の頃より自我が強く、扱いやすい子供ではありませんでした。それでも以前は私の言葉にだけは従っておりました。しかし、先月から様子がおかしくなり、毎晩のように深夜に帰宅するようになりました。何度か注意をしましたが一向に改まる様子がない。ついに昨夜は無断外泊をしました」

感情を抑えた淡々とした物言いから、かえって内に秘めた憤《いきどお》りがじわじわと伝わってくるようで、胃がキリキリと痛くなってくる。

「今の峻王は私の話にすら耳を傾けようとしません。こんなことは、峻王がものごころがついてから初めてのことです」

「…………」

俯《うつむ》いた侑希のこめかみに冷たい汗がじわりと浮いた。はっきりと言葉で責められているわけではないが、言葉の逐一が胸に突き刺さるようだった。

「峻王が毎日どこへ行っているのか、何度問い質《ただ》しても頑《かたく》なに口を閉ざしたままでしたので、致し方なく、こちらで調べることにしました」

はっと視線を振り上げる。

(し、調べた?)

いつからか身辺を探られていたことを知って、ひやりとする。

まさか……関係まで知られていることはないだろうけれど。

膝の上の手をぎゅっと握り締めた刹那、戸惑いと不安に揺れる侑希の視線を杏《きょう》仁《にん》型の双眸が捉えた。

「峻王が先生を慕って懐くのは、私としても喜ばしいことだと思っています。あの子には今まで、心を許せるような存在が身内以外におりませんでしたから」

「は、……はい」

「先生があの子をかわいがってくださるのは、親としても有り難く思っております。ただ、ものごとには節度というものがあります。毎晩毎晩、日付が変わるまでというのは行きすぎです。先生、違いますか?」

低い問いかけに侑希は諾々とうなだれた。ぐうの音も出ない。

「ごもっともです。私に教師としての自覚と配慮が足らず……お父様およびご家族の皆様にご心配をおかけしてしまいました。大変に申し訳ございません」

どうにか喉の奥から謝罪の言葉を絞り出し、和座卓に額を擦りつけるようにして詫《わ》びた。

「お顔を上げてください。先生が謝られることではありません。先生が教育熱心で常識のある御方だということはわかっています。おそらく峻王のほうが強引に先生のお宅へ押しかけているのでしょう」

それは——たしかに神宮寺のほうからというのはそのとおりだが、しかし昨日の夜むりやりにでも家へ帰さなかったのは自分も悪い。心配している家族の存在を知りながら、欲望に流されてしまった自分が悪かった。自分の中にも、神宮寺ともう少し一緒にいたい、離れたくないという気持ちがあったから……。

(教師失格だ)

「今の峻王は私の言うことをききませんので、先生のほうから節度を持った行動を取るようにと諭《さと》してやっていただけませんか。毎晩遅くまでお邪魔して先生もご迷惑でしょうから」

「はい……わかりました。私から峻王くんに話をします。ご心配をおかけして、本当に申し訳ありませんでした」

父親に約束してからもう一度深くこうべを垂れ、侑希は客間を辞した。ずっしりと重い気鬱《きうつ》を抱えて板張りの廊下を歩き出す。

たとえば、毎日を三日に一度に減らし、夜十時には帰るようにと説得して、果たして神宮寺が素直に承諾するだろうか。

いや、とてもそうとは思えない。

そんな殊勝な男じゃないことは、誰より自分が身を以《もっ》て知っている。

けれど父親に知られてしまった以上、もう今までのようにはいかない。たとえ神宮寺が望んでも、彼の父親から直接に釘を刺されてしまったからには、侑希の立場としては受け入れるわけにはいかない。おそらく今日自分を呼び出したのは父親なりの温情で、筋道を外れた自分たちの関係を健全なルートに軌道修正する猶予《ゆうよ》を与えてくれたのだろう。

だからこそ、ここで忠告を無視したら次は完全に引き離される。

そうしたら、二度と神宮寺とはふたりで会えなくなる。

(会えなく……なる?)

以前は望んでいたはずの展開。なのに今、その可能性を思い浮かべただけで足が震え、膝から頽れそうな喪失感に襲われた。

「そんな……」

自分が激しく動揺していることに狼狽《うろた》えて、呆然《ぼうぜん》と廊下の中程で立ち尽くしていると、背後から「先生」と声をかけられる。ほぼ無意識に振り返った侑希は、怜悧《れいり》な面差しの男と眼鏡のレンズ越しに目が合った。以前にも家庭訪問の際に顔を合わせた大神《おおがみ》組の幹部だ。神宮寺が、一族を護《まも》る御三家のひとりだと言っていた男。

「都築《つづき》さん」

「おひさしぶりです、立花先生。月也さんとの話は終わりましたか?」

「はい……たった今」

「そうですか。実は私も折り入って先生にお話がありまして、このあと少しお時間を頂戴《ちょうだい》できませんか?」

「私に話ですか?」

やくざ組織の幹部が自分に折り入ってなんの話だろう。ちょっと怖かったが、おそらくは神宮寺に関することであろうと察して、「わかりました」とうなずく。侑希は先をゆく長身の男の後ろについて歩き出した。

「こちらへどうぞ」

ほどなく、アンティークらしき家具が散りばめられた洋間へ案内され、入り口の側の応接セットの椅子《いす》を勧められる。

「座ってください」

「失礼します」

クッションの効いたボックスチェアに腰を下ろし、ローテーブルを挟む形で都築と向かい合った。まだ先程のショックから完全に立ち直れてはいなかったが、なんとか頭を切り換えて正面の男に水を向ける。

「お話とはなんでしょうか？」

すると鳩尾のあたりでゆったりと手を組んだ都築が、端正な唇を開いた。

「先生、もうご存じだとは思いますが、神宮寺家というのは任侠《にんきょう》の血筋です。平たく言ってしまえばやくざ組織だ。かくいう私もその組織の一翼を担っている」

知っていたことであっても、当事者の口からはっきりと宣言されればまた別の感慨がある。この場合どうリアクションを返すべきなのか、困惑した侑希は小さな声でおずおずと相槌《あいづち》を打った。

「……は、はい」

「しかしただのやくざではない。おそらく現存する組織の中では大神組の歴史は最長でしょう。しかも組長は代々神宮寺家の直系が担っている。これは非常にめずらしいことです。やくざは血筋よりも実力がものを言う業界ですから、この弱肉強食の世界で、何百年もひとつの血族が代紋を担いでいくというのは大変なことです。つまりそれだけ神宮寺の血は特殊だということ」

特殊な血――という表現に内心どきっとした。

もしかしたら都築は暗に、例の『一族が持つ特殊な変身能力』について仄《ほの》めかしているのかもしれないが、侑希自身は知らないことになっているので、できるだけ平静な表情を装う。

「……なるほど」

懸命に無表情を作る侑希の顔に、心の奥底まで見透かすような鋭い視線を注ぎながら、都築が言葉を継いだ。

「特に峻王には、一族でも最強の博徒《ばくと》と謳《うた》われた祖父の血が濃く現れている。あれは、生まれてくる時代を間違えました。動乱の世に生を受けていたならば、秘めたる本来の力を存分に発揮できたでしょうに。この平和な世では、ただの協調性のない異端児でしかない」

そこで言葉を切った都築が、三つ揃《ぞろ》えのスーツの胸許から煙草《たばこ》のボックスを引き出した。その中の一本を長く形のいい指で挟み、カチッと火を点《つ》ける。紫煙を吐き出すと同時につぶやいた。

「だが、その秘めたる力を上手く利用すれば途方もない富を生む」

「……都築さん?」

「峻王はめずらしくあなたに懐いているようだ。誰にも懐かなかった野性児が、あなたの言うことならなんでも聞く。——どうです? 先生、私と手を組みませんか」

男の申し出に眉根を寄せた侑希は、やがてその真意を質すようにかすれた声を落とした。

「あなたは……神宮寺をどうするつもりなんですか」

「…………」

男は口許に薄く笑みを湛《たた》えて答えない。酷薄な表情に背筋がぞわぞわとした。

——この男!

この男は、神宮寺の血筋を——人狼を護る気などない。特殊な血を利用して私腹を肥やすつもりなのだ。

神宮寺は御三家を信じて、その命を預けているのに。他に心を許せる存在はいないのに。

怒りに震える双眸で、侑希は正面の男を睨んだ。

「あなたは……一体？　どうして？」

「私の父もその父も、そのまた父も、都築の家は代々神宮寺家に仕えてきた。時には自らの命を犠牲《ぎせい》にして、その血を護ってきた。しかしどれだけ誠心誠意仕えても、主《あるじ》たる神宮寺家にとっては当然の忠誠でしかない」

レンズの奥の切れ長の目がすうっと細まる。

「今はまだいい。月也さんに仕えることに不満はありません。だがいずれ代替わりをしたら、私はあのケダモノのような峻王に忠誠を誓わなければならない。二十も年下の暴君に顎《あご》で使われる一生。戦乱の世ならともかく二十一世紀の現代で、それはあまりに不公平でしょう。そうなる前に手を打つべく…」

「神宮寺を利用するのはやめてくださいっ！」

気がつくと侑希は、相手がやくざであることも忘れて、大きな声を出していた。

「庇《かば》うんですか？」

都築の薄い色の瞳が冷たく輝《ひか》る。

「あなただって、あのケダモノにむりやり犯されたはずだ」

「………っ」

侑希の肩が大きく震えた。驚愕《きょうがく》にゆるゆると両目を見開く。

「知って……？」

「発情期ですからね。あのケダモノがやることはひとつだ」

唇を歪めた男が侮蔑《ぶべつ》の滲《にじ》んだ声音で吐き捨てた。

「女の代わりにいいように利用されて、十も年下の教え子に教師としても男としてもプライドを踏みにじられ……このままだとあなたは一生あいつのオモチャだ。そのうえ飽きたらポイ捨てされる。このまま、あの暴君にやられっぱなしの人生でいいんですか？」

畳みかけるように追及され、思わず頭を左右に振る。

「そ、それは……」

もし本当に利用されるだけなら、それは嫌だけれど。

「それが嫌なら私と手を組んで、逆にあのケダモノを利用すればいい。私と手を組めば、あのケダモノに復讐《ふくしゅう》できるんですよ？」

「さっきからケダモノケダモノって、そんな言い方はやめてください！」

カッと頭に血を上らせたまま、侑希は都築を怒鳴りつけた。

「神宮寺だって好きこのんで特殊な肉体に生まれついたわけじゃない！　彼なりに悩み、苦しんでいるんだ。それを私利私欲のために利用するのはやめ…」

「やはり、ご存じだったんですね」

低い声音にはっと目を見開く。

都築の冷ややかな眼差しを浴びて、頭に上っていた血が一気に下がった。

（しまった！）

巧妙な誘導尋問に引っかかったのだと気がついた時には、もう遅かった。

今までのやりとりはすべて、自白を促《うなが》すために仕組まれた罠《わな》だったのだ。下手をすれば、父親に呼び出された時からの一部始終が……。

呆然と瞠目《どうもく》する侑希の視界の端でドアが静かに開き、立派な体軀《たいく》の男が姿を現わす。見るからにただ者ではない『気』を放つ、偉丈夫。

「先生」

入り口に仁王立ちした男が低く呼んだ。

「お気の毒ですが、あなたをここから帰すわけにはいかなくなりました。理由はおわかりですね？」

自分を厳しく見据える岩切の低音を耳に、目の前がじわじわと暗くなっていくのがわかる。

紗《しゃ》のフィルターのかかった侑希の脳裏に、いつかの神宮寺の台詞《せりふ》がリフレインした。

――神宮寺一族の『秘密』を知った人間は殺される。


その夜、立花はマンションに戻ってこなかった。

いつもならば、残業などで遅くなる際には事前に携帯にかかってくるはずの連絡もなかった。

十時を過ぎた時点で峻王のほうから立花の携帯にかけてみたが、電源が入っていないらしく、『おかけになった電話は、電波の届かない場所にあるか、電源が入っていないため、かかりません』というお決まりのアナウンスが繰り返されるだけ。

「どこほっつき歩いてんだよ？　連絡くらいしろよ」

苛立《いらだ》ちと不安を抱え、居ても立ってもいられずに、一階まで下りて外に出た。しかし、待てど暮らせど立花は戻ってこない。捜しに行こうかとも思ったが、その間に入れ違いになるのも怖い。結局そのままマンションの前で夜明けを迎えた。新聞配達の少年に不審げな眼差しを向けられたのを機に部屋に戻り、七時まで立花の帰宅を待ってから、峻王はマンションを出た。無断外泊を咎《とが》められるのが面倒だったので、本郷の屋敷には立ち寄らずにまっすぐ学校へ向かう。

学校に着くなり職員室へ向かったが、立花のデスクは無人だった。

「立花先生？　今日はまだいらしていないわよ」

隣席の英語教師もその所在を知らなかった。

「たしか授業は午後からだったから、どこか校内にいるのかもしれないわね」

彼女のアドバイスに従い、数学の準備室やＰＣルーム、図書室、部室など、立ち寄りそうな場所を当たってみたが、どこも空振りだった。

匂いで捜そうにも学校はいたるところに立花の残り香がありすぎて、嗅覚《きゅうかく》が役に立たない。万策尽きて、学年主任の近藤《こんどう》のところへ向かう。上司の近藤なら、立花に関して何か情報を持っているかもしれないと思ったのだ。

主任室を訪ねてきた峻王に驚きの表情を浮かべながらも、近藤は「きみは立花くんと親しかったからね」と、質問に答えてくれた。

「立花先生は本日からしばらくの間休職されることになった」

その言葉に内心で激しく動揺しながらも、表面的には無表情に尋ねる。

「……しばらくってどれくらいですか？」

「とりあえず一週間ほど様子を見たいという話だった。急なことで私も驚いたんだが、かなりひどく体調を崩してしまって働ける状態ではないと言われてしまえば、承諾するしかないからね」

「その連絡はいつあったんですか？」

「昨夜遅くに私の携帯に連絡があった」

「本人から？」

「本人だったよ。復帰の目処《めど》が立ち次第連絡するという話だった」

「………」

「三月の卒業式と四月の式典も控えているから、できるだけ早く復職して欲しいんだが」

主任室を辞して、とりあえず廊下を歩き出したところで始業のベルが鳴ったが、立花がいないとわかったからにはここにいる必要もない。校舎を出た峻王は、自宅へ戻るために地下鉄の駅へ向かった。

——立花先生は本日からしばらくの間休職されることになった。

足早に急ぎながら、先程の近藤主任の台詞を脳裏に還す。

(まさか、逃げた……のか？)

突然の裏切り行為に衝撃は大きい。完全に不意を衝《つ》かれた形だった。

偶然クローゼットの奥に逃亡用のバッグを見つけたのは三週間ほど前だ。たしかにあの頃までは、立花は自分を疎んでいたと思うし、隙あらば逃げようという気配を常時感じていた。

けれど最近になって少しずつだが、立花の心境に変化の兆しを感じ始めた。以前は側に寄ればピリピリと警戒していたのが、抱き締めても嫌がらなくなり、時には自ら体を開くことすらあって――態度の軟化に従って立花の体からもよりいっそうの甘い芳香が匂い立つようになってきていた。体臭の変化は、立花が自分という存在を受け入れつつある証であるように思われた。

特にここ一週間くらいは、穏やかでやさしい時間が続いていたので、余計に唐突な裏切りが信じられない。

それとも……すべてが自分を油断させるための作戦だったのだろうか。油断させておいて裏で着々と逃亡の準備を進めていた？　深夜の雪山ドライブも、ふたりだけの穏やかな時間も、朝まで抱き合って眠ったこともすべてがそのための伏線？

あの夜、狼の姿の自分を抱き締めながら、心の奥底で人狼のバケモノと蔑《さげす》んでいたのか？

「くそっ！」

吐き捨て、地下鉄の階段の壁を片手でガツッと殴る。コンクリートに拳大の穴が開き、欠片《かけら》がパラパラと崩れ落ちた。亀裂が四方八方に走る。たまたま現場ですれ違ったサラリーマンがぎょっとした顔で立ち竦んだ。

目を剝《む》く彼の横を無言で擦《す》り抜け、ホームに滑り込んできた地下鉄に乗り込む。

車内でも凶暴な苛立ちは治まらなかった。

頭が熱くカッカッと沸いて、体の中では今にも爆発しそうなマグマがどろどろと渦巻いている。まるでナイフの切っ先で突かれでもしているように胸が絶え間なくピリピリと痛む。

ただ頭にきているだけじゃない——苛立ち、憤り、悲しみ、心細さ——いろいろな感情が複雑に入り交じった、こんな気持ちになったのは生まれて初めてだった。

(……なんでだよ?)

そんなに俺が嫌だったのか?

殺されてもいいから、死を覚悟で逃げ出したいと思うほどに?

だったら、なんでやさしくしたりしたんだ?

どうせ逃げるつもりなら、捨てるつもりなら……なんで情をかけるような真似をした?

眉根をきつく寄せて窓の外を睨みつけていた峻王は、心の中の自分の声にゆるゆると瞠目した。

(そうか)

自分は立花に『捨てられた』のだ。

改めてその事実と直面するのと同時に、心臓を素手《すで》で握り込まれたみたいにぎゅーっと胸が苦しくなった。不意に子供みたいに泣きたくなって、奥歯をギリッと嚙み締める。

「……畜生」

そう簡単に逃してやるものか。絶対に捜し出して捕まえてやる。

(そうして、この手で立花を……)

家人に見つかるとまたいろいろと面倒だと思っていたが、幸いにも誰にも会わずに、屋敷の裏口から直接自分の部屋へ入ることができた。早速制服から私服に着替え、立花を追うための荷造りを始める。

逃げるならば、できるだけ遠くへというのが人間の心理だろう。もう東京にはいないかもしれない。すでに日本から脱出している可能性もある。となるとパスポートが必要だ。それと当面の資金。カードは止められる可能性があるから現金がいい。ＡＴＭで金を下ろそう。

そのあとでもう一度立花のマンションへ行って手がかりを捜す。北か南か。あるいは海外か。ざっくりとでも方角がわかって、ある程度近くまで行ければ、匂いで場所は特定できるはずだ。

（たとえアラスカだろうがアフリカだろうが、地の果てまででも追いかけていって、絶対に捕まえてやる）

この先の算段をしつつトラッキング用のナップザックに着替えや防寒具などの荷物を詰めていると、コンコンとドアをノックする音が聞こえた。無視していたら、ドアが開いて兄の迅人《はやと》が部屋に入って来る。

「峻王、おまえ昨日また外泊しただろ？　いつ帰ってきたんだ？」

問いかけには答えず、荷造りの手を動かし続ける峻王の側まで近づいてきて、兄が手許を覗《のぞ》き込んだ。

「何してんだよ？」

その問いにも答えずに峻王は短く告げた。

「しばらく留守にする」

「留守って……どこへ行くんだ？」

「アテはない」

取り付く島もない返答に迅人が黙り込み、数秒沈黙してから低めた声音で尋ねてくる。

「立花先生を捜すつもりか？」

「……っ」

ぴくっと肩を揺らした峻王が、兄をばっと振り返った。血相を変えて詰め寄る。

「おい、あの人が今どこにいるか知ってるのか!?」

胸倉を摑まれて揺さぶられた迅人が「痛《い》てーよっ」と叫んだ。

「放せ、馬鹿！　こんなんじゃ話せねぇだろ？」

峻王が手を離すと、ふーっと大きく息を吐いた。

「ったく、馬鹿力。喉絞まるとこだったぞ」

首筋を手のひらで撫でさする兄に、峻王が苛立った声を出す。

「あとでいくらでもさすってやるから！　先に立花の行き先を教えろ！」

上目遣いに弟を見上げた迅人が、ぼそっとつぶやいた。

「こんなに必死なおまえ……初めて見る」

「うるせーな。んなこたいいから、早く！」

「おまえさ、なんでそんなにあの人に執着するんだ？」

「あの人は俺のものだからだ」

迷いのない即答に、迅人は微妙な表情をした。わずかに首を傾《かし》げ、じっと峻王の顔を見つめてから、おもむろにつぶやく。

「おまえ、立花先生が好きなんだな」

今度は峻王のほうが微妙な顔をする番だった。

「好き？」

「だっておまえ、立花先生と会うようになってから、全然女遊びしないじゃん。発情期なのにさ」

そう言われてみれば、ずっと立花しか抱いていない。前はひとりじゃ全然足りなかったのに、この一ヶ月は立花以外の誰かを体がまったく欲しがらなかった。

戸惑った様子で黙り込んだ弟に、迅人が慎重な言葉を重ねる。

「俺自身は誰かを好きになったりとか、まだ経験ないから、どんなものかわからないけど、でもたぶんおまえは立花先生に恋をしているんだと思う。……相手が男だっていうのは正直ちょっとショックだし、おまえひとり先に大人になっちゃって、兄としては寂しいけど」

「……恋？」

怪訝《けげん》そうにつぶやく弟に迅人が「うん」とうなずいた。

「友達とかバイト仲間の恋話聞いてると、おまえと症状まったく同じだもん。相手に夢中になりすぎて周りが見えなくなったりとか」

「……よくわかんねぇよ。……恋とか、好きとか、よくわかんねぇ」

心許《こころもと》ない表情の弟を励ますように、迅人がもう一度「うん」とうなずく。

「でも、立花先生を失いたくないんだろ？　アテもないのに、見つかる保証なんか全然ないのに、それでも彼を捜しに行くつもりなんだろ？」

その問いには迷うことなく峻王は首を縦に振った。

「あの人は、俺のもんだから」

「だからたぶんきっと、それが好きってことなんだよ」

眩《まぶ》しいものでも見るように少し目を細めて、迅人が断じる。

「おまえは一回目の発情期でつがいの相手に出会ったんだ」

「あの人が……俺の？」

兄の言葉に、峻王はゆっくりと目を見開いた。

この感情が『恋』なのかと問われても、今まで経験がないからわからない。しかし『つがい』の相手だと言われれば、しっくりとくるような気がした。

（立花が『つがい』の相手？）

たしかに立花が逃げたと知った時、まるで体の一部分を失ったかのような喪失感を覚えた。あるべき半身が、側にいない。今もなんだか足許がグラグラする。心許なくて居ても立ってもいられないなんて、こんなことは生まれて初めてだ。とにかく一秒も早く、あの細い体を抱き締めて、あの匂いに包まれたいという切実な欲求が、今の自分をかろうじて支えている――。

「けど……あの人は俺から逃げた」

ぽつりと零す峻王の苦悩の表情を見て、迅人もまた辛《つら》そうに眉を寄せた。

「立花先生が女だったらよかったのにな」

嘆息混じりにつぶやいた迅人が、傷つき弱っている弟に痛ましげな眼差しを向ける。しばらく眉をひそめて心中何かを迷う素振りを見せていたが、不意に顔を上げた。迷いを吹っ切ったまっすぐな目で峻王を見つめる。

「先生の居場所、どうしても知りたいか?」


迅人の説明によれば、少し前から父や岩切たちの間で、立花が一族の『秘密』を知っている可能性が憂慮されていたらしい。

『だっておまえ、先生のマンションに入り浸って全然うちに帰って来ないしさ。こんだけ一日中ほとんど一緒にいたら、バレる危険性もおのずと高くなるだろ?』

そうでなくとも、このままではいつかは知られる。時間の問題だ。

『おまえがここまで誰かひとりの人間に入れ込んだのって初めてだったし、一族の長《おさ》である父さんの言うことをきかなかったのも初めてだったし……放っておいたらどのみちマズいって話になったらしくて』

男に入れ上げてコントロールが効かなくなった次男を懸念した父と岩切、そして都築の三人が、昨日立花を屋敷へ呼び出した。学校からの帰りがけに本郷を訪れた立花は、まんまと誘導尋問に引っかかり——そのまま岩切たちに身柄を拘束されてしまったのだ。どこに監禁されているのかは、迅人もそこまでは聞かされていないので知らないという話だった。

『入れ込んだのが女の子だったら、どんなによかったかって、父さんも言っていた。それならおまえの伴侶として一族に迎え入れることもできたから。でも男の立花先生に『秘密』を知られてしまったとなると……』

立花に残された道は死しかない。

『残念だけど掟を覆《くつがえ》すことはできない。けど最期にひと目会って話をするくらいなら、許されるかもしれないから……叔父貴に頼み込んでみる手はあると思う』

立花は自分から逃げたわけじゃなかった。自分を裏切ったわけじゃなかった。

しかし、真実を知って舞い上がっている時間の余裕はない。

『たぶん、まだ大丈夫だと思う。でも……できるだけ急いだほうがいい』

この話をすれば弟が黙っていないことをわかった上で、それでも事情を話してくれた兄への礼もそこそこに、峻王は部屋を飛び出した。

屋敷の前でタクシーを拾い、浅草《あさくさ》の浅草寺《せんそうじ》の裏手にある大神組の本部へ向かう。一見して、やくざの事務所には見えない、瀟洒《しょうしゃ》な五階建てビルの最上階までエレベーターで上がった峻王を、組の若い衆が驚いた様子で出迎えた。

「峻王さん、こんなところまでどうしたん…」

質問を途中で遮り、息せき切って尋ねる。

「親父はいるか?」

「組長なら今出かけていますけど。戻りの時間はちょっとはっきりしないみたいなんですけど」

「叔父貴か都築は？」

「岩切さんと都築さんなら、奥のオフィスです」

その返答を聞くなりフロアの一番奥の個室へ猛然と突進する。三つ並んでいる部屋の右端のドアを、峻王はノックもせずに引き開けた。窓際のデスクに座る岩切が顔を上げ、その前に立っていた都築が振り返る。

「峻王」

「峻王さん」

用件を聞かずとも、その形相でなんの話かわかったらしく、ふたりの顔がいっせいに険を孕《はら》んだ。渋い顔つきの男たちの前まで一息に間を詰めた峻王は、噛みつくように怒鳴った。

「先生はどこだ？　どこへ隠した!?」

嘆息をひとつ吐《つ》いた都築が、「迅人さんから聞いたんですか」と、つぶやきながら峻王に向き直る。

「峻王さん、あなたも一族の掟はわかっているはずだ。『秘密』を知られてしまった以上は、先生を生かしておくわけにはいかないのです」

怜悧な眼差しで峻王を見据え、説得口調で言った。

都築の後ろの岩切も、渋面のまま重々しく口を開く。

「先生には絶対に苦しい思いはさせない。それは約束する」

「………っ」

こと一族の『秘密』に関しては、ふたりを説得することはまず不可能だ。たとえ自分がここで土下座《どげざ》をしたところで、どうにもならない。泣こうがわめこうが、数百年の間一族を統《す》べてきた掟が覆ることはないだろう。

(ならば、いっそ)

峻王は両手の拳をきつく握り締め、御三家の両翼を睨みつけた。激しい眼差しでふたつの顔を順に射貫いたのちに、低く告げる。

「先生は……俺が殺《や》る」

「峻王さん!」

都築が虚を衝かれた声を出し、岩切はいよいよ眉間《みけん》のしわを深めた。

「『秘密』を知られたのは俺のミスだ」

苦渋の滲む声を落とした峻王が、ふたりの男を挑むように見据える。漆黒の瞳に悲壮な決意を宿して言い切った。

「俺が自分の手で始末をつける」

9

――お気の毒ですが、あなたをここから帰すわけにはいかなくなりました。理由はおわかりですね？

本郷の屋敷でそう岩切に宣言されたあと、侑希は目隠しをされて車に乗せられた。一時間前後走ったのちに車は停まり、手を引かれるようにして後部シートから降ろされる。直後またしても誰かに腕を引かれ、五十メートルほど歩かされた。次に階段を下り、さらにまた数メートル前進。ギィ……と扉が開く音がして、自分が部屋の中に入ったことを覚る。

ここでようやく目隠しを外された。殺風景な部屋の真ん中に佇み、蛍光灯の明かりに目をしばしばさせていると、「どうぞこれを」と横合いから眼鏡が差し出される。

「お預かりしておりました」

受け取った眼鏡をかけてから、傍らに立つ男の顔を改めて見た侑希は、道中ずっと自分の腕を引いていたのが都築であったことを知った。

「窓がないので少し息苦しく感じるかもしれませんが、それ以外は不便はないはずです。トイレはあのドアの奥にあります。付属のユニットバスでシャワーも浴びられるようになっています」

都築の説明に合わせて視線を走らせる。広さは十畳ほどだろうか。独房のような四角い部屋だった。真っ白な漆喰《しっくい》の壁、床には厚手のグレーのカーペットが敷いてある。飾り気はないが清潔そうでエアコンも完備。調度品と言えるのは簡易ベッドにテーブルと椅子だけだが、テーブルの上にはミネラルウォーターのボトルが二本、数冊の週刊誌と新聞が置いてあった。たしかに、高級ホテルとまではいかなくとも、ビジネスホテル程度の設備は整っていそうだ。

デッド・デーまで何日あるのかはわからないが、それまでの時間を少しでも快適に過ごしてもらおうという心配りを感じる。

「食事は若い者に運ばせますが、何か食べられないものはありますか？」

フランス料理店の支配人のごとき問いかけには、黙って首を横に振った。

「事前に申し上げておきますが、一服盛るような真似はいたしませんので、食事は安心して食べてください。近所の店からケータリングするんですが、なかなかおいしいですよ」

冗談なのか本気なのか、いまいち真意が読めない無表情で都築が言う。

「それと、先生にひとつお願いがあります」

都築がスーツの内側から携帯を取り出した。見覚えがあると思ったら、自分の携帯だった。

「このご自分の携帯から職場の上司に電話をして、明日からしばらくの間休みを取りたいと申し出ていただけませんか」

「明日からですか？」

「理由は一身上の都合でも、体調不良でもなんでもいい。お任せします」

ここまできて、いまさら逆らっても無駄だと思い、素直に「わかりました」とうなずく。

「お疲れ様です。近藤主任ですか？　立花です。急なことで申し訳ないのですが、折り入ってご相談がありまして……」

突然の申し出に主任も戸惑っている様子だったが、最後には「体調のことじゃ仕方がないね」

と渋々と承諾してくれた。

「これでいいですか?」

通話を切って差し出した携帯を、都築が受け取ってふたたび懐に入れる。

「ありがとうございます」

「でも、こんな口約束ではそう長くは保《も》たないと思いますけど……不審がられるのも時間の問題かと」

余計なお世話だとわかっていながらも、つい苦言を呈してしまった。

「数日の時間が稼げれば、そのあたりはきちんとこちらで対処しますので、ご心配なく」

クールに返されて鼻白む。

蛇の道は蛇。やくざにとって、その手の裏工作などお手のものと言うことか。

「ところで、立花先生はご両親を五年前に事故で亡くされて以来、ご家族と呼べるような肉親はいらっしゃらないんでしたよね。田舎《いなか》にも父方の遠縁の方が残っていらっしゃるだけで」

都築の言葉に侑希は瞠目した。そんなことまで調べているのかと、背中が薄ら寒くなる。

だがよくよく考えてみれば、成人男子をひとり、人知れずこの世から抹殺しようというのだから、それくらいの事前調査は当たり前なんだろう。

「おっしゃるとおり、私には近しい身内はいません。父方の遠縁とも、連絡が途絶えてもう二十年近くになります。都築さんたちにとっては好都合でしたね」

「親戚づきあいは何かと面倒ですからね。――それでは私はそろそろお暇《いとま》します。急に具合が悪くなったとか、シャワーの水が止まらないとか、何か不都合が起こった場合はこのブザーを押してください。若い者が一階におりますので」

嫌みにはまるで動じずにさらっとかわした都築が、最後にそう告げて部屋から出ていった。バタンと扉が閉じるのとほぼ同時に、ガチャッと鍵がかかる音が地下室に響く。念のためにドアに近づいてノブを捻ってみたが、案《あん》の定《じょう》びくともしなかった。

ドアの前に立ったまま左右に視線を巡らせて、扉の左横に二十センチ四方の小窓があることに気がつく。スライド式のシャッターがついた窓で、頭が入るか入らないかの大きさだ。なんのためのものかとしばらく悩んだのちに、ここから食事の出し入れをするのだと気がついた。

本当に牢獄《ろうごく》みたいだ。実際は——造りからして、おそらく倉庫か何かなのだと思うが。窓がないので、外の様子がまったくわからない。

トイレとユニットバスを覗き(ちゃんとアメニティが一揃えとローブが用意されていた)、ひとわたり室内を探索し終わった侑希は、スーツの上着を脱いでベッドに腰を下ろした。ネクタイを緩《ゆる》めて腕時計を見る。夜の十時五十六分。

携帯は取り上げられてしまったけれど、腕時計が残されたのは助かった。監禁された状態で時間の経過がまったくわからないのは、精神的にキツイであろうと思うからだ。

「十一時か……」

今頃、神宮寺はマンションで自分の帰宅を待ちわびているだろうか。門限を過ぎても連絡を寄越さない自分に苛立っているだろうか。寒空の下、マンションの前で仁王立ちしている姿が目に浮かぶ。あいつは頭はいいくせに、ちょっと馬鹿なところがあるから……。

「風邪引くから……部屋で待ってろよ」

神宮寺には届かないと知りつつもひとりごちる。

「でも……待たれても、帰れないけど」

溜息を吐き、侑希はベッドの上を尻でずるずると後退した。背中を壁にもたれかけさせ、両手で膝を抱える。

朝までマンションに戻らなかったら、神宮寺は自分が裏切って逃げたと思うだろうか。

どうせ二度と会えないのなら、誤解されたままのほうがいいのかもしれないとも思う。

自分はいつ殺されるのだろう?

早晩、神宮寺が自分を捜し始める可能性を思えば、都築たちとしては面倒が起こる前に早めに決着をつけたいはずだ。となると、今夜中か明日の朝か。少なくとも、明日の夜には冷たい骸《むくろ》になって海に沈んでいる可能性が大だ。

そう結論を導き出してから、死を目前にして意外なほどに冷静な自分に少し驚く。胃カメラを呑む前日ですら眠りが浅かった恐がりで小心者の自分が……。

死ぬことは、不思議と怖くはなかった。

もちろん初めはショックで目の前が暗くなったけれど、時間が経つにつれて次第に肝が据わってきた。もしかしたら『秘密』を知った日から無意識にも心のどこかで、いつかこういう日が来ることを覚悟していたのかもしれない。

それに、一族の『秘密』を護るための死ならば、無駄死にではないと思える。自分の死が延《ひ》いては神宮寺のためになるのなら救いがある。

汚れ仕事を請け負う都築たちだって胸のうちは苦しいに違いない。やくざとはいえ、できるだけ堅気の一般人は殺《あや》めたくはないだろう。だから彼らを恨む気持ちはまるでなかった。

自分が死んでも悲しむ人間がそう多くないのは、今になってみれば不幸中の幸いなのか。

ただひとつの心残りは——。

(神宮寺……)

自分が死んだら、あいつは悲しむだろうか。

あれだけ何度も抱き合ったのだから、少しは悲しんでくれる——そう思うのはうぬぼれだけじゃないはずだ。だけど、やがて時の経過と共に少しずつ悲しみは薄れ、次の繁殖期には新しい相手を——今度はちゃんと女性を——見つけるかもしれない。

それが種の保存のための本能というものだと頭ではわかっていても、胸が軋《きし》むみたいに激しく痛んだ。思わずぎゅっと膝を抱き締める。

(嫌だ!)

そんなの嫌だ。あいつが自分以外の誰かを抱くなんて嫌だ。

自分が死ぬことより、神宮寺が他の誰かを抱き締めることのほうが辛いなんて。

自分は……馬鹿だ。神宮寺よりずっとずっと馬鹿だ。

こんな事態になってしまってから、自分の本当の気持ちに気がつくなんて……間抜けすぎる。

「……神宮寺」

最期に一度でいい。会いたい。顔を見たい。できれば抱き合いたい。

一言でいいから、自分の本当の気持ちを伝えたい。

（おまえを……愛している）

たとえこれが誰にも祝福されない禁断の恋だとしても——。

十も年下で、教え子で、男同士で。初めはむりやり奪われるようにして始まった関係だった。

レイプ同然に関係が始まった当初は『節操なしのケダモノ』と憎んでさえいた。やがてそれが畏《い》怖《ふ》に変わり——だけどもうひとつの姿を知り、触れ合う時間が積もっていくにつれて、いつしか本能のままに気高く生きるおまえに惹《ひ》かれ始め……。

その不器用さと一途さを愛しいと思う気持ちが、いつから恋愛感情に変わったのか、きっかけは自分でもはっきりとはわからない。

でも、今はたしかに、おまえを愛している。

（愛してる……神宮寺）

ベッドの上で膝を抱え、神宮寺への切ない思慕を募らせているうちに、いつの間にかうつらうつらとしてしまっていたらしい。

誰かがコッコッと階段を下りてくる靴音で目が覚めた。

——朝？

どうやら朝食が運ばれてきたようで、例の小窓のシャッターが上がり、ナプキンのかかった籐《とう》のバスケットとステンレスの水筒が差し入れられた。侑希が引き取ると、ふたたびシャッターが下りる。最後まで運んできた相手は無言で、顔も見えないままだった。

バスケットの中身は、ベーグルサンドとヨーグルト、ブリックパックのオレンジジュースだった。水筒の中はあたたかい紅茶。ベーグルサンドにはスモークサーモンとクリームチーズが挟まっていて、都築のお墨付きどおりになかなかおいしそうではあったが、食欲が湧かなかった侑希は、紅茶だけを呑んだ。

そのあとも何をするでもなく、今までの人生をつらつらと回想したり、ぼんやりと神宮寺のことを考えながら過ごす。昼にランチの配給があって二時間が過ぎた頃だっただろうか。

コツコツ、カツカツ、コツコツ――。

階段を下りてくる複数の足音に、侑希は膝の間に埋めていた顔を振り上げた。

(来た!)

どくんっと心臓が跳ねる。

ついに、いよいよその時が来たのだ。

足音がこちらへ近づくに従い、心臓の音がどんどん大きくなっていく。

無意識にも唇を嚙み締めた直後、カチッと鍵が回る音がして、ギィ……とドアが開いた。

開かれた扉の向こうに長身のシルエットが見える。

「――先生」

先程まで脳内で何度もリフレインしていた声で呼びかけられて、侑希は両目を瞠《みは》った。

嘘。まさか……そんな。

信じられない思いで、その名を口にする。

「神…宮…寺？」

くっきり端正な眉。強い輝《ひかり》を放つ漆黒の瞳。シャープに通った鼻筋。肉感的な唇。

幻じゃない。本物だ。本物の神宮寺が目の前にいる。

もう二度と会えないと諦《あきら》めていたのに——。

「神宮寺……っ」

湧き上がる歓喜に圧《お》され、這《は》うようにしてベッドから下りた侑希は、よろめきつつもドアまで駆け寄り、神宮寺に抱きついた。胸の中に飛び込んだ瞬間、ぎゅっと抱き締められる。

「先生……っ」

背中がしなるほどのきつい抱擁に熱い吐息が漏れた。

硬く張り詰めた体。合わさった胸から伝わる力強い鼓動。自分より少し高めの体温。

ああ……神宮寺だ。神宮寺の匂いだ。

たった一日離れていただけなのに、こんなにも自分が神宮寺に飢えていたのだと、改めて思い知らされる気分だった。

言葉もなく固く抱き合い、お互いの体温が溶け合った頃、神宮寺がふっと力を緩めた。ゆっく

りと侑希の体を離して、背後を振り返る。

「頼みがある」

神宮寺がそう話しかけるのを聞いて初めて、侑希は扉の向こうに自分たち以外にも人が——岩切と都築のふたりが立っていることに気がついた。

「あ……」

ふたりの前で抱き合ってしまったことに動揺していると、神宮寺が言葉を継いだ。

「最後にふたりで話をさせてくれ」

「峻王」

眉間に縦筋を刻んだ岩切が、それはできないというふうに首を横に振る。

「わかってるよ、叔父貴——話が済んだら、ちゃんと俺の手で始末をつけるから」

侑希はぴくっと肩を揺らし、神宮寺の顔を仰ぎ見た。

今まで見たことがないような、決意を秘めた厳しい横顔。

そうか。……そのために、ここに来たのか。

神宮寺が自らの手で自分を殺してくれるのだと知って、すーっと気持ちが楽になった。

神宮寺の腕の中で死ねる。最期の瞬間まで一緒にいられる。

(これでもう、本当に思い残すことはない)

「どうする?」

都築の問いかけにじわりと双眸を細め、一考の末に岩切がつぶやいた。

「いいだろう。ただし十分だけだ」

「では、私たちは部屋の外で待機しています。十分経ったらノックしますので」

そう告げた都築が踵《きびす》を返す。男たちがドアから離れるのを見計らって神宮寺が扉を閉めた。

ようやくふたりだけになれたことにほっと安堵《あんど》の息を吐き、侑希は愛おしい男の顔を見上げる。その瞳を見つめながら静かに問いかけた。

「おまえが殺してくれるのか？」

「先生」

神宮寺の顔が苦しげに歪む。まだ若い彼の手を汚させることを心苦しく思いつつも、素直な心情がつい零れ落ちた。

「おまえでよかった。……嬉しいよ」

心からそう告げると、神宮寺が肩に手を置いてぐっと引き寄せる。

「先生……一緒に逃げよう」

耳許に低く囁かれて侑希は瞠目した。驚きのあまりにとっさには返事ができず、一拍置いてやっと動揺した声を放つ。

「そ、そんなことしたらおまえがっ」

「俺がいなくなっても迅人がいる」

対する神宮寺の声は冷静だった。この場の思いつきではないとわかる落ち着いた口調で告げる。

「一族の血が絶えることはない。だから一緒に逃げよう」

「神宮寺……」

血を分けた肉親よりも、仲間よりもあんたを選ぶ——そう言われて、嬉しくないと言ったら嘘になる。だけどもし、神宮寺の申し出が同情心に基づいたものならば、一時の感情でこの先の人生にかかわるような重大な決断をすべきじゃない。ここで一緒に逃げたら、神宮寺は今まで自分を護ってきたすべての人間と袂《たもと》を分かつことになり、それはすなわち特殊な血を持つ彼の今後が、極めて困難な道行きとなることを意味するからだ。

「先生？」

なぜ返事をしないのだと、苛立ったような声で呼ばれた。

「………」

心が揺れる。千々に乱れる。一緒に逃げたい。いや……いけない。

相反する感情がせめぎ合う。

（……駄目だ）

苦難の道行きとわかっていて、差し出された若い手を取ることはできない。

「先生」

懊悩《おうのう》する侑希の肩をもう一度離して、神宮寺が間近から顔を覗き込んでくる。これ以上はない真剣な顔つきで告げた。

「あんたを、愛してる」

一瞬、耳を疑った。そんなストレートな言葉が、神宮寺の口から出たことが信じられなかったからだ。自分では昨日から何度も胸の中でつぶやいていたけれど……まさか神宮寺が。

虚を衝かれて固まる侑希の瞳を熱っぽい眼差しで見つめ、神宮寺がもう一度真摯《しんし》に繰り返す。

「あんたを愛してる」

「神……」

「あんたが側にいないと、頭がグラグラして足がふらふらする。なんだか落ち着かなくて心細くて、泣きたい気分になるんだ。迅人が、それが『好き』ってことだって教えてくれた」

飾り気のない木訥《ぼくとつ》な告白に、十六歳という年齢を実感する。

「自分でもなんでこんなにあんたが好きなのか、よくわからない。あんたは男だし、学校の先生だし……年だってずいぶん上だ。趣味が合うわけでもねぇし、お節介で口うるせぇし。でも、降り積もったばかりの新雪みたいに綺麗で真っ白で……一見打たれ弱そうに見えるけど、責任感がすごく強くて気持ちがまっすぐで……何より心があったかい」

面と向かって誉《ほ》められるという初めての体験に、侑希は顔が熱くなった。

「俺には……先生、あんたしかいない」

痛いほどにまっすぐな視線で射貫きながら、神宮寺が揺るぎなく言い切る。

「これから先も一生、俺のつがいの相手は、あんただけだ」

「つがいの……相手」

人狼である神宮寺が口にする——その言葉の重み。

狼は生涯において唯一のつがいの相手を選び、一生をかけてその伴侶を愛することを知っているから、涙が出るほどに嬉しかった。狼王ロボとその妻ブランカのように、互いの命が尽きるまで添い遂げる覚悟を感じて、胸が震える。

ならば、もう自分も迷わない。

甘く切ない陶酔の中で侑希は心を決めた。

たとえその一生が短いものだとしても、神宮寺と一緒ならば悔いはない。

「俺も……おまえだけだ」

わななく唇を開き、厳《おごそ》かに告げる。

「おまえを、愛している」

「先生」

視界の中の美しい貌がみるみる蕩け出す。その顔が本当に嬉しそうで、つられて侑希も微笑んだ。こんなに素直でかわいい男を、以前の自分は、どうして怖いなんて思ったんだろう。

ゆっくりと近づいてきた神宮寺の唇が、侑希の潤んだ眦に触れ、次に鼻の頭に短いキスを落とし、最後にそっと唇に触れてくる。

「……………ん」

何度か角度を変え、今までで一番甘く感じるくちづけを交わした。想いを伝え合って初めてのキスのあとで、侑希を腕の中に抱き込んだ神宮寺が、固い決意の漲《みなぎ》った声音を低く落とす。

「あんたを殺させはしない。……俺が護る」

その時、コンコンとノックの音が響いた。

「時間です」

都築の声が時間切れを告げる。名残惜しげにじわじわと抱擁を解いた神宮寺が、侑希の右手をぎゅっと握り、挑むように厳しく扉を見据えた。

「何があっても俺から離れるなよ。いいな？」


鉄のドアが開き、都築が顔を覗かせる。

「約束の時間が過ぎました。おふたりとも外に出ていただけますか」

まず神宮寺が部屋から出た。彼に手を引かれて侑希も外に出る。

部屋の外には天井の高い広大な空間が広がっていた。林立するコンクリートの支柱と、ところどころに積まれたコンテナ以外は何もない殺風景な空間。やはり、どこかの倉庫の地下らしい。

ざっと見回したところ、岩切と都築、そして自分たちの他には人の気配もなかった。階段以外は出入り口もない。

「峻王さん、先生を私たちに引き渡してください」

「…………」

都築の要求に、けれど神宮寺は従わず、侑希の手をぎゅっと握り締める。

「峻王？」

岩切が眉根を寄せ、不審げな声を出した時だった。

侑希の手を放すやいなや神宮寺がすっと身を屈め、低い姿勢のまま正面の男たちに向かってダッシュをかける。手前にいた都築の胸にどんっと頭突きをすると、不意を衝かれた男がバランスを崩し、背後の岩切を巻き込む形で後ろ向きに倒れた。

「うぁ……っ」

どしんっ、どぅ……と重い地響きに続いて「くそっ！」と低音の罵声《ばせい》が響く。

何が起こったのか瞬時には理解できずに、呆然とその場に立ち尽くしていた侑希は、駆け戻ってきた神宮寺に二の腕を摑まれた。

「行くぞ！」

ぐいっと引っ張られ、あわてて走り出す。

「峻王さん！　戻ってください！」

「峻王、逃げても無駄だ！」

後方から大きな叫び声が聞こえたが速度を緩めず、まっすぐ階段へと駆け寄った。二段抜かしでコンクリートの階段を駆け上がる。踊り場でちらっと後ろを振り返ると、長身のふたりがコートを翻して追ってくるのが見えた。

「追ってきた！」

「いいからとにかく走れ！」

一階まで一気に駆け上がり、今度は出口に向かって全速力で走る。しかし、辿り着いた鉄の巨大な扉には頑丈な錠がかかっていた。念のためにふたりがかりで体当たりしてみたが、堅牢な扉はびくともしない。

舌打ちをして周囲を見回した神宮寺が「こっちだ！」と侑希の二の腕を引く。目指す先には貨物運搬用のエレベーターがあった。ボタンを押してドアを開き、ケージに飛び込む。中に入るなり、神宮寺が『閉』のボタンを押した。スライドドアがゆっくりと閉じ始める。

「早く！　早く閉まれ！」

大型故《ゆえ》の緩慢な動きにイライラと足踏みしながら侑希は叫んだ。

五十センチ……四十……三十……あと十センチで閉まるとほっとした刹那。

十センチの隙間に大きな革靴がねじ込まれ、ガンッと激しい音がしてドアの動きが止まった。

「ドアを開けろっ」

細い空間から鬼の形相の岩切が怒鳴る。

「ひっ」

悲鳴をあげた侑希を「退《ど》け！」と押し退け、場所を入れ替わった神宮寺が、叔父の足を思い切り蹴った。足首を狙ってガッ、ガッと何度も蹴りつける。たまりかねたらしい岩切の足が引っ込むと同時にスライドドアが閉まった。

「よ、よかった……」

へなへなと床にしゃがみ込んだ侑希は、神宮寺が最上階である五階のボタンを押すのを見て、ぼんやり尋ねた。

「……屋上に上がってどうするんだ？」

「最上階から隣りの倉庫に跳び移る」

「と、跳び移る!?」

さらりと返された言葉にぎょっと目を剝く。

「あ、……えっと……その」

ごくっと唾を呑み込んでから、言いづらそうに唇を舐め舐め切り出した。

「話し忘れていたかもしれないが、実は俺は軽度の高所恐怖症なんだ。子供の頃に吊り橋で立ち往生したのがトラウマになって……以来、五階以上の建物の屋上には上がったことがない」

神宮寺が難しい顔で黙り込んだ。ややして、わざとのように明るい口調で告げる。

「この倉庫は大神組の持ち物で、ガキの頃に遊んだからよく知っている。隣接する倉庫との距離はたった一メートルだ。子供だって跳べる」

「『たった』!?　おまえにとっては『たった』かもしれないけど、俺にとってはっ」

「ほら、ついたぞ」

異議を申し立てているうちにケージが最上階に到着し、ドアがするすると開いた。

「軽度なんだろ?　大丈夫だ。あんたには俺がついている」

励ますみたいに耳にキスが落ちて、とんっと背中を押される。屋上へのエントランスから怖々と一歩を踏み出したとたん、下からの突風にネクタイが舞い上がった。風が強い。シャツ一枚の体を両腕で抱き締め、一日ぶりに見る太陽に目を細めていると、先にフェンスへと駆け寄った神宮寺が「先生!」と呼んだ。

「早く！」

その声に急かされ、怯《ひる》む足を叱咤《しった》しながら神宮寺の側まで行った。金網の間から見る限り、たしかに隣りの倉庫の屋上とはそう距離がない。一メートルというのは本当だろう。

「あんたが先に隣りのビルへ渡ってくれ。俺が踏み台になるから」

そう言うと神宮寺はコンクリートに四つん這いになった。

「わ、わかった」

うなずき、神宮寺の背中を踏み台にして、高さ一メートル五十センチほどのフェンスをよじ登り始める。金網の穴に指と靴の爪先を引っかけ、少しずつ上がった。

「下は見るなよ。見ないまま跳べ」

そう忠告されていたのにもかかわらず、フェンスから顔が出た瞬間、弾みで下を見てしまう。

（うわっ）

高い。駐車場に点在する車が小さい。想像していた以上の高さにくらっと目眩《めまい》がした。背筋がゾクゾクして足がガクガクと震え出し、涙がじわっと込み上げてくる。

「……やっぱり無理」

呻《うめ》くようにひとりごちて、首を左右にふるふると振った。

「先生？　どうした？」

「駄目だ。無理……できない」

「何やってんだ、早く行け！」

神宮寺の苛立った声とドアが開くバタンッという音が重なる。

「峻王！」

その声に振り向くと、岩切と都築がエントランスの扉の前に立っていた。

「峻王さん、無駄な抵抗はやめてください」

「大人しく引き渡さなければ、先生が痛い思いをすることになるぞ」

警告を発した男たちが、胸許から何かを取り出す。黒光りするそれが拳銃だと気がついた瞬間、血の気が引いた。現役のやくざが持っているのだから、間違いなく本物だろう。

さすがに堂に入った構えでまっすぐに銃口を向けられ、ひっと喉が鳴った。

「くそっ」

吐き捨てた神宮寺が侑希の足を引っ張る。

「とりあえず一度下りろ！」

あわててフェンスから下りた侑希の手を引き、神宮寺は給水タンクの陰に隠れた。

「無駄な抵抗はやめて出てきてください！」

都築の声を耳に脇腹を冷たい汗が伝う。

(……追い詰められた)

退路は断たれた。もはや捕まるのは時間の問題だ。

「すまない。さっき俺が跳《と》べていたら……」

侑希が悔恨に唇を噛み締めながら謝ると、神宮寺が険しい顔で「あんたのせいじゃねぇよ」とつぶやく。タンクの端から敵の様子を窺《うかが》いつつ言葉を続けた。

「俺があいつらを堰《せ》き止める。だからその隙に、あんたはエレベーターから逃げろ」

その提案に、けれど侑希はゆっくりと首を横に振る。

「神宮寺……もう、いい」

振り返った神宮寺が眉をひそめた。

「先生？」

無駄な抵抗をして神宮寺が怪我をするくらいなら、ここで素直に捕まったほうがいい。

「助けようとしてくれて……ありがとう。……でももう充分だよ」

「諦めるな！」

神宮寺に肩をきつく摑まれた。強い眼差しで射貫かれる。

「約束しただろう。俺があんたを護るって。……俺は絶対に諦めないからな」

「でも、どうやっ…」

言葉尻が途絶えた。侑希の肩から手を離した男の体が突如ぶるぶると震え出したからだ。小刻みな痙攣《けいれん》を繰り返していた神宮寺が、ぐずぐずと足許から崩れ落ち、コンクリートにうずくまる。

「……神……？」

唐突な豹変に驚き、不安そうに目を瞬《しばた》かせていた侑希は、はっと息を呑んだ。

（変身しようとしている!?）

「駄目だ！　そんなっ」

変身して仲間と――血の繋《つな》がった叔父と闘うなんて！

「仲間割れはいけないっ！」

蒼白になって叫んでいる間にも神宮寺の姿はみるみる変化を遂げ、侑希の目の前で灰褐色の獣へと変わってしまった。

「神宮寺！　駄目だ、行くなぁ!!」

侑希の絶叫もむなしく、灰色狼はタンクの陰から飛び出していく。跳躍からひらりと着地した狼を見た岩切が「峻王！」と驚いたような声をあげた。

「ウウッ……」

男たちと対峙《たいじ》した狼が、腹の底に響くような唸《うな》り声を出す。

「月齢も満ちていないのに変身するなんて無茶だ。峻王さんにはまだそこまでのコントロール能力はない」

都築が眉根を寄せてつぶやいた。

「峻王……俺だ。わかるだろう?」

岩切が銃を下ろし、敵意がないことを示したが、黄色い目を爛々《らんらん》と光らせた狼は、たてがみを逆立て、尖った牙を剝いて威嚇する。相手が誰なのか、わかっているかどうかも怪しい。今の神宮寺は、岩切たちに対する敵意だけに突き動かされているのかもしれなかった。

「正気を取り戻せ。峻王！」

一歩近づこうとした岩切に、狼が頭を低めて、今にも飛びかかる気配を見せた。

「岩切！　近寄るな！　危ないっ」

都築の警告で岩切が数歩後退する。その直後だった。

「峻王！」

よく通るまだ若い声が神宮寺の名を呼び、屋上のエントランスのドアから小柄な少年がまろび出てきた。狼がぴくっと耳をそばだて、侑希も目を瞠る。少年は神宮寺の兄の迅人だった。

「迅人さん、どうしてここへ？」

「峻王と先生が心配で……。父さんに連れてきてもらったんだ」

都築の問いかけに迅人が答える。

「月也さんに？」

意識を逸らした、その一瞬の隙を狙うように灰色の獣が岩切に飛びかかった。拳銃を持つ右手に噛みつこうとする。

「くそっ」

仕方なく都築が威嚇射撃をした。弾丸がコンクリートを抉《えぐ》った場所から、狼がざっと後ろに飛び退く。ますます敵意に両目をぎらつかせて、ウウッと唸る。

「峻王のやつ、完全に頭に血が上って野性化しちまってる。このままじゃ……」

焦燥を帯びた声を落とした迅人が、やおらコンクリートに膝をついた。両手もついて四つん這いになり、頭を下げたかと思うと身を震わせ始める。

「迅人さん！　あなたまで！」

「迅人、よせ！　よすんだ！」

ふたりの男たちの制止も聞かずに、迅人はほどなく美しい銀色の毛並みを持つ狼に変わった。

（シルバーウルフだ）

神宮寺とは見るからに種類が違う、俊敏そうな小型の狼。

そのスレンダーな銀色の狼が、自分の一・五倍はある灰褐色の狼と向き合う。

「ウゥッ」

「ウォーッ」

血を分けた兄弟がお互いに牙を剝き、毛を逆立てて威嚇し合う——その姿を見て、侑希はふらふらと頭を振った。

駄目だ。いけない。

自分のために兄と弟が闘うなんて、そんなのいけない。間違っている。

誰より力を合わせなければいけないふたりなのに。助け合うべきその兄弟が、お互いに傷つけ合うのは絶対に——。

（駄目だ。それだけは駄目だ！）

そう強く思った瞬間、侑希はタンクの陰から走り出していた。

兄弟の闘いを止めるには、元凶である自分がこの世からいなくなるしかない。

それも——今、すぐ！

焦燥感に背中を押されるように夢中でフェンスに駆け寄り、金網をよじ登る。さっきはあれだけ怖かったのに、不思議と手足はまったく震えなかった。

最後に灰色狼を振り返り、その姿を網膜に焼きつける。

愛してる——神宮寺。次に生まれてくる時も、おまえと巡り会い、そして愛し合いたい。

胸の中で囁いた侑希は、フェンスの上部に足をかけると、ひらりと身を翻した。


落下の途中で狼の遠吠えを聞いたような気がした。神宮寺が啼《な》いている？

（……なんて悲しそうな声なんだ）

こんな悲しい声を出させてしまったことを後悔した。

でも、もう遅い。後悔しても遅い。もうすぐ自分は地面に叩きつけられて死ぬのだ。

しかし覚悟していた衝撃はいつまでも訪れず、やがて侑希は自分の体がふわりと浮き上がるのを感じた。襟首を何かに摑まれた状態でゆっくりと下降して着地する。そっとやさしく駐車場のコンクリートに体を横たえられた侑希は、きつく閉じていた目蓋を蠢《うごめ》かした。

（まだ……生きている？）

おそるおそる薄目を開けると、視界の中に真っ白な狼の姿が映り込んだ。羽のような純白の毛並み。瞳がルビーのように赤い。

——アルビノ？

驚いてむっくりと起き上がった侑希の前で、その神々しいまでに美しい白狼が緩やかに変身した。狼の代わりに現れたのは華奢《きゃしゃ》で小柄な人間。白磁の肌に艶やかな黒髪。杏仁型の瞳。

「あなたは……」

白狼の正体は峻王と迅人の父――月也だった。その段でようやく、彼が落下する途中で自分をキャッチし、口にくわえて着地してくれたのだと気がつく。

「なぜ……助けてくれたんですか？」

一族のためには、秘密を知る自分の存在は邪魔なはずなのに、なぜ？

「先生――っ！」

訝しげに尋ねていたところへ、神宮寺がものすごい勢いで駆け寄ってくる。侑希が飛び降りたあとで変身を解いたらしく、人間の姿に戻っていた。

「先生！」

傷ひとつ負っていない侑希の姿を見て、その顔に心からほっとしたような安堵の表情が浮かぶ。

侑希と父親の前で足を止めた神宮寺が、駐車場のコンクリートにがくっと膝をついた。膝立ちの体勢で侑希の肩を摑み、掻き抱くように胸の中へと抱き寄せる。どうやら父親の前であることも頭から飛んでしまっているらしい。力いっぱい、ぎゅうっと抱き締められ、ぬくもりを確かめるみたいに、頰に頰を擦りつけられた。

「よかった……生きてる」

かすかに震えるそのつぶやきを聞いて、胸の奥からじわじわと熱いものが込み上げてくる。

よかった。死なないでよかった。もう少しで取り返しのつかないことをして、神宮寺を悲しませるところだった。

一生でたったひとりの『つがいの相手』だと言ってくれたのに。半身である生涯の伴侶を失った狼が、どれだけ深い悲しみに暮れるかわかっていたのに。

「……ごめん」

小さな声で謝ると、神宮寺がぴくっと震えた。腕の拘束を解き、侑希の体を少し離して顔を覗き込んでくる。目と目が合った瞬間、「馬鹿野郎！」と怒鳴りつけられた。

「なんで飛び降りたりしたんだよっ」

安堵と入れ替わりで込み上げてきたんだろう。その目には本気の怒りが浮かんでいた。

「……すまない」

もっともな叱責《しっせき》に侑希はうなだれた。

「謝って済む問題かよ？　親父が助けなかったら、あんた、今頃死んでたんだぞ!?」

「でも……自分のためにおまえたち兄弟が争うのは耐えられなかったんだ。何が理由であれ、血の繋がった兄弟が争うのは間違っている」

顔を上げて切々と訴えると、それまでは眉間に筋を立てて激高していた神宮寺の顔が、一転して辛そうに歪んだ。

「……先生」

「月也さん！　立花先生！」

そこへ、数分遅れで都築と岩切、そしてこれも人間の姿に戻った迅人が駆けつけてくる。

「月也さん——これを」

現場に到着するやすぐに岩切が自分のロングコートを脱いで、月也の肩にかけた。

「ありがとう」

コートでほっそりとした裸身を包み隠してから、月也が凜とした声で「立花先生」と呼ぶ。

「先程の質問にお答えします」

「は、はい」

「すでにご存じかもしれませんが、私たち一族は繁殖期が訪れると同時に、生涯の伴侶となるつがいの相手を捜し始めます。初めての繁殖期で見つかる場合もあれば、そうでない場合もある。いずれにせよ、その相手に出会った瞬間に強く惹かれ、激しく求め合い、ひとときも離れられなくなる。——その運命の相手が、峻王の場合は先生、あなただった」

「…………」

改めて一族の長の口から聞かされると、胸に込み上げる感慨がある。

「今まで相手が同性であるというケースはありませんでしたので、私はつい先程この目で、峻王が身内を敵に回してまであなたを護ろうとする姿を見るまでは、あなたが峻王の運命の相手だとうかつにも気がつきませんでした。それは岩切と都築も同じだったと思います」

月也の言葉に、驚きの表情を浮かべた背後のふたりの男が、同意するみたいにうなずいた。

「あなたを失ったら、峻王は我々の群れを離れ、はぐれ狼となってしまうでしょう。それが、あなたを助けた理由です」

静かにそう告げた月也が、侑希にまっすぐな眼差しを向ける。

「先生、あなたは我々の真の姿を知った上で峻王を受け入れ、峻王のために自らの命を捨てようとした。私は、あなたという人間の魂を信じます」

固唾《かたず》を呑んで父親の話の成り行きを見守っていた神宮寺が、刹那ぱっと顔を輝かせる。

「あなたがもし望むならば、私たちはあなたを受け入れます。——先生、我々の一族の『秘密』を、命が尽きる瞬間まで護り切ることを誓えますか？」

月也の厳かな問いかけに、その杏仁型の双眸を見つめたまま、侑希は重々しく誓いの言葉を口にした。

「誓います」

それまでは黙って月也の話を聞いていた岩切が、そこでおもむろに口を開く。

「あなたが今後もし誓いを違《たが》え、我々を裏切った場合は残念ながら……」

みなまで言わせずに、侑希は岩切の言葉を遮った。

「わかっています。私があなたがたを裏切ったその時は処分してくださって構いません」

迷いのない声ではっきり言い切ると、月也がわずかに目を瞠る。

「……峻王が惹かれるのも道理」

ひとりごちるように低くつぶやいてから、侑希に向かって優美に会釈をした。

「先生、峻王をよろしくお願いします」

艶然《えんぜん》と微笑む、愛する男の実父の——その妖艶な美しさに圧倒されながらも、侑希もまた深く上体を倒す。

「こちらこそ、よろしくお願いします」

場が和《なご》んだのを見計らったように、迅人が弟の肩をぽんと叩いた。

「認めてもらってよかったな」

こくっと首を縦に振った神宮寺が、侑希の手を握って「先生」と囁く。

「神宮寺」

幸運を噛み締めるように漆黒の瞳と見つめ合い、小さく微笑み合ったあとで、侑希は生涯の伴侶の大きな手をぎゅっと握り返した。

10

いったん本郷の屋敷に立ち寄ってから、侑希は都築の車で自宅マンションの前まで送ってもらった。

「こちらでよろしいですか？」

「はい、ありがとうございました」

運転席の都築に礼を言って後部座席から降り立つ。すると当然のように、隣りに座っていた神宮寺も車から降りた。

「俺、ちょっと寄っていくから」

助手席のドアを開けて告げる神宮寺に、都築が苦笑混じりに「わかりました」とうなずく。

「ただし、今日中にはちゃんと本郷に戻ってください。月也さんが立花先生を認めたことと、外泊はまた別の話ですから」

「わかってるって」

お小言に少し眉をひそめて、神宮寺は助手席のドアをバタンと閉めた。

「…………」

エントランスを通過する間は、申し合わせたようにふたりとも無言だった。目も合わせずに、まっすぐエレベーターホールへ向かう。

しかしエレベーターの中でふたりきりになったとたん、どちらからともなく唇を合わせて抱き合った。部屋までは、どうしても待てなかった。

ケージが三階に到着したので、いったんは体を離したが、人気がないのをいいことに手を繋いだまま廊下を歩いた。

鍵を開け、ドアを開けて室内に入るなり、ふたたび玄関で唇を重ね合い——離れていた一日のブランクを埋めるように何度も何度もくちづけを交わす。

「……………ふ」

銀色の唾液を引きながら、ようやく唇を離した神宮寺の目を見つめ、侑希は彼の手を引いた。

「こっちへ」

先に廊下を歩いて寝室のドアを開ける。いつも神宮寺に求められるばかりだったから、自分から寝室へ誘うのは初めてのことだ。そのせいか見慣れたはずのベッドが生々しく見える。

なんとなく気恥ずかしい気分で入り口に立ち尽くしていると、今度は神宮寺に手を取られた。ベッドまで導かれ、ふたりで並んで腰を下ろす。スプリングが軋むぎしっという音が妙に艶《なまめ》いて聞こえて、内心で焦《あせ》った。傍らの神宮寺をちらっと横目で見やり、すぐに視線を落とす。

あんなに何度も、毎日のようにしておいて、いまさら恥ずかしがるなんて馬鹿みたいだ。

でも。

よくよく考えてみればこんなふうに改まった感じでするのは初めてなのだ。一番初めから神宮寺に強引に奪われ、その後《ご》も自分の意志とは関係なく、流されるがままに体を重ねていたから。

(初めて……自分の意志で……神宮寺とするんだ)

そう意識した瞬間、心臓が煩いくらいにドキドキと騒ぎ出す。

「……先生」

かすれた声で呼ばれ、自分を見下ろす『恋人』の、艶めいた美貌を見上げた。熱っぽい視線と視線が絡み合う。言葉にするのはまだ少し恥ずかしくて、侑希は目で訴えた。

(好きだ)

漆黒の双眸がふっと切なげに細まり、美しい貌が近づいてくる。肉感的な唇が侑希の唇にそっと触れた。濡れた舌先で唇の隙間をなぞられ、自ら迎え入れるように開いた唇の間に、熱い舌がするっと忍び込んでくる。

「……っ、…ん」

さっきからもう何度目のキスだろう。でも、まったく飽きるということがない。

何度でも……したい。ずっと、していたい。

初めはやさしく探るようだった神宮寺の舌の動きが徐々に激しくなり、溢れた唾液が唇の端から滴《したた》った。

「んっ……ん、っ……っ」

くちづけが深まるにつれて全身が熱くなってきて、自分がだんだん発情していくのがわかる。

キスだけで昂《たかぶ》ってしまっている自分に戸惑っていると、神宮寺の手が肩を摑み、唇を合わせたままの状態でゆっくりとベッドに押し倒された。

くちゅくちゅと音を立ててお互いの口腔《こうこう》内を貪り合いながら、神宮寺が侑希のネクタイに手をかけ、結び目を緩めて引き抜く。

侑希も神宮寺のシャツに手を伸ばし、お互いに腕を交錯させて服を脱がせ合った。体を覆うものをすべて取り去り、素肌でもう一度きつく抱き合う。

ぴんと筋肉が張り詰めた身体に包まれ、わずかに熱を帯びた褐色の素肌と触れ合う感触が気持ちよくて、思わず吐息が漏れた。

ぴったりと密着させた神宮寺の胸から、規則正しい心臓の鼓動がはっきりと伝わってくる。

この世のすべての生物の、生きている証。

力強い心臓の音を耳にして、ちょっとだけ泣きたい気分になった。その想いは、もしかしたら若い恋人も同じだったのだろうか。

「……先生」

切なげな声で呼んだ神宮寺が、侑希の首筋に顔を埋めて、もう一度ぎゅっと抱き締めてきた。やがて首筋に触れていた唇が、鎖骨へと移動していく。肩口から二の腕、最後に胸へと辿り着き、先端をちゅっと吸った。

「あっ……」

びくんっと体が跳ねる。反射的に逃れようとする侑希の二の腕を押さえ込み、神宮寺は執拗《しつよう》に乳首を唇で愛撫した。ざらりとした舌で何度も舐められ、甘噛みされて、先端があっけなく芯を持ち始める。

「あんた……ほんと乳首弱いよな」

そのかすみたいに耳許で囁かれて羞恥《しゅうち》に顔が熱くなった。けれど、感じてしまうのはどうしようもない。

「あっ、んっ、」

勃《た》ち上がった乳頭をさらに指と舌で責められると、甘い痺《しび》れが全身を駆け巡った。興奮に体がうっすら汗ばんでくる。そのうちに下腹がじんじんと疼き始めた。その状態を察したかのように、神宮寺が体を下へずらす。太股《ふともも》に手をかけられ、ぐいっと大きく割り開かれた。

「や……っ」

とっさに悲鳴が口をつく。すでに形を変え、ふるふると震えている欲望にじっと視線を注がれて、いよいよ顔が熱くなった。何度も見られているとはいえ、恥ずかしいものは恥ずかしい。

「そん、な……見る、な」

懇願はあっさりと無視された。神宮寺がますます顔を近づけてくる。あっと思った時には、侑希の欲望は神宮寺の口の中にあった。熱い口腔内に包まれる、初めての感覚に息を呑む。

「……っ」

全身を硬直させている間にも、ざらついた舌がねっとりと軸に絡みついた。舌先が括《くび》れをなぞり、唇が敏感な裏の筋を舐めねぶる。

「はっ、あ……っ」

気持ち……いい。

頭がぼうっと白く霞《かす》んで、体がとろとろに蕩けそうだ。

蜜の袋を手で揉《も》み込まれながら、軸全体を唇できつく扱《しご》かれて、腰が淫らにうねった。じゅぷっ、ぬぷっというあられもない水音にも煽《あお》られる。

「あ……も、う……出るっ」

射精感に切羽《せっぱ》詰まった悲鳴をあげて、侑希は神宮寺を押しのけようとしたが、股間の頭はまるで動かなかった。どころか小刻みに痙攣する太股を摑んで一層きつく吸い上げてくる。

「だ、め……も……あっ、あぁ——っ」

我慢がきかず、侑希は神宮寺の口の中で弾けた。

「はぁ……はぁ」

ぐったりと手足を投げ出し、胸を喘がせる。涙で濡れた目をうっすら開けると、神宮寺が唇の端の白濁を指で拭《ぬぐ》っていた。そのビジュアルに申し訳ない気分がじわじわと込み上げてくる。

「す、すまな……」

恋人が形のいい眉をそびやかした。

「謝るなよ。俺がしたかったんだから」

「……で、でも」

「俺が呑みたかったから呑んだだけ。あんたが謝ることじゃない」

真顔で言い切られ、そうなのかと小首を傾げる。だけどやっぱり、やられっぱなしでは気持ちが治まらなくて、侑希はおずおずと切り出した。

「俺も……する」

「先生?」

起き上がって股間へ顔を埋め、先端に触れた刹那、神宮寺がわずかに身じろいだ。唇を開き、まずは亀頭の部分を口に含む。いつものことながらすごい圧迫感だ。気後《きおく》れを覚えつつも懸命に喉を開いて、少しずつ、ゆっくりと、長大なすべてを呑み込んだ。

「んっ……ぅ、んっ」

軸に舌を這わせ、さっき自分がされて気持ちよかった場所を思い出して舐めると、口の中の雄が徐々に硬度を増し始める。

自分の拙《つたな》い口戯で神宮寺が質量を増していくのが単純に嬉しい。

今までの自分は、早く達して欲しい一心で奉仕をしていた。でも今は違う。自分の愛撫で、少しでも神宮寺に気持ちよくなって欲しいと心から思っている。

ほどなく先端から粘ついた液体が溢れてきて、青くさい味が口腔に広がった。

ちらっと上目遣いに神宮寺の様子を窺う。少し苦しげに眉根を寄せた、欲情を堪えるような表情を見た瞬間、背筋に歓喜の震えが走った。

感じてくれている。

喉いっぱいの欲望は苦しくて、涙がじわっと滲んだけれど、恋人が気持ちよくなってくれている証だと思えば耐えられる。

「……先生」

うっとりしたような囁きと同時に、頭をやさしく撫でられた。

もっと……もっと。自分で気持ちよくなって欲しい。

陶然とした心持ちで夢中で舌を使い続けていたら、頭上から焦燥に駆られたような声が落ちてきた。

「やばい……放せっ」

それでも放さないでいると、髪を掴まれ、顔をぐっと押し退けられる。侑希の口から勢いよく飛び出た神宮寺の雄が、すぐ目の前でびくびくと脈打ちながら弾けた。直後、ぴしゃりと白濁が顔にかかる。

——視界が白い。

とっさに何が起こったのかわからず、呆然と瞠目していた侑希の顔から、神宮寺が眼鏡をすっと引き抜いた。精液で汚れたそれをサイドテーブルに投げて、侑希をふたたびベッドに組み敷く。

侑希の両手をシーツに縫い止め、まっすぐ射貫くように見下ろしてくる神宮寺の眼差しは熱く、獰猛《どうもう》な輝《ひかり》を湛えていた。

「あんたがあんまり美味そうに俺のをしゃぶるから……くそ。顔射なんて初めてだぜ」

眉をひそめた男に詰《なじ》るみたいに言われ、両目をぱちぱちと瞬かせる。

「ご、ごめん……」

「だから謝るなって」

視界の中の精悍《せいかん》な貌が、ふっと唇を緩めた。やさしい表情にとくんっと鼓動が跳ねる。

「それだけ、我慢できないくらいに気持ちよかったって、誉めてんだよ」

「誉め……て？」

「だからお返しに、これからあんたをすげぇ気持ちよくさせる」

宣言するなり、ぐいっと大きく脚を開かされた。浮き上がった双丘の間に、神宮寺がつぷっと中指をめり込ませてくる。

「あっ……」

いきなりの異物感に背中がたわんだ。だが拒絶反応は初めだけで、節ばった指で中を掻き混ぜられ始めてほどなく、内襞《うちひだ》が熱く疼き始める。抽挿に合わせて浅ましくうねる粘膜を、長い指は、じっくりと慣らしていった。

前に伸びてきた神宮寺のもう片方の手が、半分勃ち上がった侑希の性器を摑む。神宮寺のものを銜《くわ》えただけで反応してしまった自分を恥じ入る間もなく、上下に扱かれた。たちまち追い上げられた欲望の先端から透明な蜜が滴り落ちて、神宮寺の手をくちゅくちゅと濡らす。

「んっ……あ、んっ」

前と後ろ、両方からもたらされる強い快感に、侑希の薄く開いた唇から熱に浮かされたみたいな嬌声が零れた。

(……いい)

すごく……いい。気持ちいい。

でも——まだ足りない。

このひと月で神宮寺のセックスに慣らされた体は、貪欲《どんよく》になってしまっている。

欲しいのはこれじゃない。

もっと熱くて生々しい——恋人の……情熱。

こんなふうに、自分から欲しがる日が来るなんて、むりやり抱かれた時には思いも寄らなかった。十も年下の、男の教え子を、本気で愛する日が来るなんて……。

切実な欲求に圧された侑希は、視線の先の神宮寺に向かって、震える声で必死に請う。

「おまえが……欲しい」

「……っ」

顔から火を噴きそうな羞恥を堪えてねだった。

「入れて……くれ」

くっと眉根を寄せた恋人が、侑希の両脚を折り曲げたまま、指で窄《すぼ》まりを開く。小さく口を開いた後孔に、えらの張った切っ先がぐぐっと減《め》り込んできた。

「ん……う、ん……ん……っ」

こじ開けるようにして、したたかな充溢《じゅういつ》をじりじりと呑み込まされ、狭い内部を犯されていく感覚に瞳がじわっと潤む。何度経験しても、この瞬間は辛かった。身に余る大きさのもので体を割られる衝撃に唇を嚙み締める。

「……ん、くっ」

侑希の腰を抱え直した神宮寺が一気に貫いてきた。

「ひ、ぁっ」

根元まで隙間なくぴっちりと、灼熱の剛直を食《は》まされた侑希は、うっすら涙を浮かべて胸を喘がせた。

「はぁ……は、ぁ」

同じようにふーっと息を吐いた神宮寺が、上体を屈めてくる。眦の涙を唇で吸い取り、こめかみに小さなキスを落としたあとで耳許に囁いた。

「先生の中……すげー熱くて……気持ちいい」

恋人の幸せそうな顔に胸がじんと熱くなる。

数時間前には、もう二度とこんなふうに抱き合えないかもしれないと思っていたから。

精悍な美しい貌に手を伸ばし、頬に触れた。漆黒の双眸は欲情を帯び、褐色の引き締まった肌はしっとりと汗で濡れている。

手のひらから流れ込んできた神宮寺の気持ちが、侑希の胸いっぱいに満ちて、溢れ出す。気がつくと侑希はその言葉を発していた。

「好きだ……好き。愛してる」

不意を衝かれた神宮寺の表情が、やがて嬉しそうに甘く蕩ける。

「俺も愛してる……侑希」

「………っ」

初めて下の名前で呼ばれて、大きく目を瞠った。瞠目して恋人を見上げていた侑希は、自分もまだ一度も彼の名前を口にしたことがないことに気がつく。

「峻…王」

たどたどしく呼んでみると、体内の神宮寺がさらにどくんっと漲った。息を呑んだ直後、神宮寺が腰を深く入れてくる。

「動くぞ」

耳許に囁くやいなや、抽挿が始まった。

滾《たぎ》った凶器を容赦なく突き入れられ、グチャグチャに中を掻き混ぜられて、細い腰が淫らにうねる。こうなってしまえば、飢えた獣のような若い恋人にひたすら翻弄《ほんろう》されるしかない。

「あっ、あっ、んっ、あっ」

硬く反り返った屹立《きつりつ》で最奥《さいおう》を穿《うが》たれるたびに嬌声が跳ねる。結合部分からぐちゅぐちゅと、耳を塞《ふさ》ぎたくなるほど卑猥《ひわい》な水音が聞こえてきた。

強靭《きょうじん》な凶器で感じるポイントを的確に擦られ、どんどん官能が高まっていく。頭の芯がじんじんと痺れて、全身がびくびくと波打つ。

「あ、……い、いいっ……あぁっ」

奥を突かれながら胸の粒を指で捏《こ》ねられて、爪の先まで痺れるような快感に溺れ、侑希は背中をしならせた。最奥からじわじわと広がる官能の波に今にも攫《さら》われそうになる。

神宮寺がピッチを上げた。

情熱的な揺さぶりにあられもない嬌声が立て続けに溢れて……止まらない。

「あっ……ぁっん、――あっ」

いつもよりも快感が深い。全身を甘く貫く、ひりひりと灼けつくような官能。

感じすぎてどうにかなりそうだった。

体内では欲望が放出を求めて渦巻き、すでにもう爆発しそうに膨《ふく》らんでいる。

「やっ……も、い、くっ」

絶頂の予感にぶるっと震えた侑希は、縋《すが》るように腕を伸ばす。

「い……一緒に……峻王っ」

恋人の首を引き寄せ、その耳に訴えた。

一緒に達きたい。

「――く……ッ」

低い呻《うめ》き声が聞こえたかと思うと、密着した硬い肉体がいっそう引き締まり、体内の神宮寺がひときわ大きく膨らんだ。

次の瞬間。

「あ……ッ」

熱い飛沫《しぶき》が、最も深い場所にぴしゃりと叩きつけられた。放埓《ほうらつ》はなかなか終わらず、まるで孕《はら》ませようとでもするように、奥へ、奥へと注ぎ込まれる。

「あ……あ……っ」

びくびくと全身が痙攣し、脈動を銜えている部分がきゅうっと引き締まるのが自分でもはっきりわかった。どろどろに潤んだ内部を、達してもなお猛々しさを失わない昂りでさらに数度抉られて、侑希は白い喉をのけ反らせる。

あ――い……くっ。

「んっ………い、く……いっ……あぁ――っ」

押し上げられた高みで、侑希は達した。神宮寺の手のひらに精をとぷっと吐き出す。

「……侑希」

まだ繋がったままの恋人がゆっくりと脱力して覆い被さってきた。その重みにたまらない幸福を感じて、熱い吐息を吐く。

ちゅっと唇にキスを落とした神宮寺が囁いた。

「……愛してる」

「――ん」

「侑希……愛してる」

「……うん」

わかっているというように、しっとりと湿ったその背中をぴたぴたと叩いてから、侑希は若い恋人の褐色の体をぎゅっと抱き締めた。


神宮寺一族と御三家の総意によって、侑希は自宅マンションを引き払い、本郷の屋敷で暮らすこととなった。

「先生には、峻王の伴侶として、私たちと共に暮らしていただきます」

月也にそう告げられた翌日にはもう、数人の運送業者がやってきて、侑希がおろおろしている間にてきぱきと荷造りを済ませ、家財道具一式をさっさと運び出してしまった。不動産業者とのやりとり、ガス・水道・電気・電話会社への転居手続きなどもすべて都築が引き受けてくれたので、引っ越しに関して侑希がしたことといえば、鍵を返却しただけだ。

ほとんど身ひとつで本郷の屋敷へ到着した時にはすでに、あてがわれた洋室に、前の部屋からそのまま移築してきたように家財一式が配置されていて——書棚の本の並び順まで寸分変わりなかった——今すぐにでも使い始められるよう準備万端に整っていた。

侑希に用意されたのは、二十畳ほどの洋室だった。

本郷の屋敷には、広大な敷地の中に母屋を中心として渡り廊下で繋がった離れがいくつかあり、侑希にあてがわれたのも、そういった離れの個室の一部屋だった。十五畳の住居空間の他に三畳ほどのキッチンスペースとバス・トイレがついており、母屋を通らずに出入りできる玄関もある。基本的に、神宮寺の部屋と同じ造りだ。もともと離れの部屋は、住み込みの組員のために造られたものだったらしく、昔は岩切や都築も使っていたという話だった。

「ひととおりの設備は整っていますので離れだけでも生活できるようになっていますが、母屋のほうもご自分の家と思って遠慮なく使ってください。私たちも先生を家族と思って接しますので」

家長の月也にそう言われると、なんだか自分が神宮寺家に嫁《とつ》いできたような気分になる。両親の死後、長くひとり暮らしだったので、『家族』ができるのはとても嬉しいけれど。

とはいえ、おそらく、同居を求められた一因には、裏切らないように見張るという意味合いもあるのだろうとは思う。それについては、いきなり百パーセント信用しろと言っても無理だとわかっているので、とりわけ御三家に対してはおいおい信頼を勝ち得ていくしかないだろうと思っている。

週明けから学校にも復帰したので、結局、休んだのは一週間弱ということになった。

教師の立場でありながら生徒の家に間借りする件に関しては、岩切が学校側と話をつけてくれたらしい。大神組の幹部と学園の上層部の間でどんな話し合いが持たれたのか、詳しいところはわからないが、承諾の条件としては、神宮寺がきちんと毎日学校へ通うことが挙げられたようだ。さらに対外的には同居を公にしないという条件が付け加えられた。

そんなわけで、神宮寺は毎朝七時半には侑希と一緒に屋敷を出て、今のところ遅刻もせずに通学している。だからといって、改心して普通の十六歳になったかと言えばそんなことはまったくなく、以前と変わらず不遜で俺様で暴君だ。ただ前より少しだけ、『近寄るな』オーラが弱まった気もする。侑希に話しかける生徒を剣呑《けんのん》な視線で威嚇するのは変わらないが……。

一方、夜は夜で——夜ごと家の者が寝静まった頃合いを見計らって、侑希の部屋へ夜這いをかけにやってくる。何かにつけて体に触れていたがり、キスが大好きで、二十四時間臨戦態勢なのも相変わらずだ。もちろん、侑希もそんな恋人が嫌じゃない。

今夜も侑希の部屋のベッドでひとしきり愛し合ったあと、神宮寺がぼつっとつぶやいた。

「そろそろできねぇかな？」

若い恋人の張り詰めた胸の中で、事後の甘い余韻《よいん》に浸っていた侑希は、気怠い口調で尋ねる。

「……何が？」

「侑希と俺の子供」

「…………………ええっ⁉」

衝撃発言に甘ったるい気分と眠気がいっぺんに吹き飛び、侑希はがばっと半身を起こした。

「そろそろ孕んでもいい頃だと思うけどな。これだけ毎日やってんだし」

侑希の平らな腹部を手のひらで撫でて、至って真面目な表情でのたまう神宮寺の顔をまじまじと見下ろす。

この男は人並み以上のＩＱを持ちながら、小学生でも知っている常識がぽっかり抜け落ちているので侮《あなど》れないのだ。

「おまえ……わかってるか？」

おそるおそるの問いかけに続き、「男同士じゃ子供はできないんだぞ」と、口に出すのも憚《はばか》れるほどの一般常識を教える前に、神宮寺が先に言葉を紡ぐ。

「俺たちってさ、生まれた時の形態は狼なんだぜ」

「そ、そうなのか？」

てっきり人間で生まれると思い込んでいた侑希はわずかに目を開いた。……奥が深い。まだまだ人狼については認識不足が否めないようだ。

「一ヶ月ほどで徐々に人間になるけどな」

「へぇ……」

生まれたてほやほやの狼の赤ん坊を想像してみる。動物の赤ん坊はどれも愛らしいが、中でもむくむくの産毛に覆われた狼の仔は、とびきりかわいいに違いない。

「あんたと俺の子だったら、絶対めちゃめちゃかわいいぜ」

そ、そうだろうか。神宮寺の遺伝子だけだったら、美形が生まれるのはまず間違いないけれど。

「早くできねぇかな」

冗談なのか本気なのか、判断のつかない無邪気な声でつぶやきながら、侑希の腹を撫でる神宮寺を眺めているうちに、できるわけないだろと内心でツッコミつつも、どうしようもなく愛おしい気持ちがふつふつと込み上げてくる。ふと思った。

(もしかして……もしかしたら)

百万が一の可能性だが、いつの日か自分が神宮寺の子供を宿すことも、あり得ないことではないのかもしれない。

何せ、ここにすでに『あり得ない見本』が存在しているのだから。

数学の教師にあるまじき、そんな非現実的な妄想をついつい思い浮かべていると、腹を撫でていた手の動きが止まった。代わりに侑希の腕を摑んだ神宮寺にぐいっと引かれる。

「あっ……」

不意を衝かれて裸の胸の中に倒れ込むやいなや、今度はくるっと体をひっくり返された。ほんの数秒でポジションを入れ替えた恋人が、そのしなやかな両腕で、侑希を組み敷く。

「だからさ……一日でも早くできるように」

ここ最近頓《とみ》に野性味を帯びてきた魅力的な美貌を近づけ、肉感的な唇をにっと歪めた若き狼が、耳許で甘く囁いた。

「……もう一回やろうぜ」

あとがき

初めまして。こんにちは。岩本薫です。

今回の本はシリーズ以外でひさしぶりの新作ということで、個人的にいろいろとチャレンジさせていただきました。

まずなんといっても、攻めが十六歳！　おまけにモフモフ……（笑）。さらに『発情』というタイトルが作品のテーマでもある関係上、とても濡れ場シーンが多いです。たぶん自分史上最多だと思います。苦手な方はごめんなさい。

カップリング自体は私の基本というか、大好物の「年下攻め＆教師受け」になっております。なぜこんなに教師受けに萌えるのか、自分でも謎です。またモフモフはずっと書いてみたかった設定でしたので、今回念願が叶って幸せです。

挿絵は如月弘鷹先生にお引き受けいただきました。素敵なキャララフや美麗なカラーイラストを拝見するたびに舞い上がったりため息を吐いたりと、幸せな日々を過ごさせていただきました。大変にお忙しいところ、本当にありがとうございました。

担当の安井様、制作の川隅様をはじめ、本書の制作にご尽力くださいました関係者の皆様にも心より御礼申し上げます。末筆になりましたが、いつも応援してくださる皆様、今回もお手に取ってくださいまして、本当にありがとうございました。

できましたら、次の本でもお会いできますように。

二〇〇七年春　岩本　薫

◆初出一覧◆

発 情　　　　　　　　　　　　／書き下ろし

イラスト/不破慎理
イラスト/門地かおり
絢爛
ピンナップ&
美麗
ストーリー
カード!!
激甘な恋も
情熱的な愛も
おまかせ♥な
豪華執筆陣！
読みきり満載♥
ラブたっぷり♥
究極恋愛マガジン!!
ボーイズラブを
もっと楽しむ！
スペシャル企画も
見逃さないで！
月刊
小説
ビーボーイ
b-Boy
毎月
14日
発売
イラスト/蓮川愛
A5サイズ Libre

リブレ出版小説新人大賞

「このお話、みんなに読んでもらいたい！」
そんなあなたの夢、叶えてみませんか？

小説b-Boy、ビーボーイノベルズ、ビーボーイスラッシュノベルズにふさわしい小説を大募集します！　優秀な作品は、小説b-Boyで掲載、またはノベルズ化の可能性あり♡　また、努力賞以上の入賞者には、担当編集がついて個別指導します。あなたの情熱と新しい感性でしか書けない、楽しい小説をお待ちしてます!!

募集要項

************作品内容************

小説b-Boy、ビーボーイノベルズ、ビーボーイスラッシュノベルズにふさわしい、商業誌未発表のオリジナル作品。

************資格************

年齢性別プロアマ問いません。

************応募のきまり************

- 応募には小説b-Boy掲載の応募カード（コピー可）が必要です。必要事項を記入の上、原稿の最終ページに貼って応募してください。
- 〆切は、年２回です。年によって〆切日が違います。必ず小説b-Boyの「リブレ出版小説新人大賞のお知らせ」でご確認ください。
- その他注意事項はすべて、小説b-Boyの「リブレ出版小説新人大賞のお知らせ」をご覧ください。

************注意************

・入賞作品の出版権は、リブレ出版株式会社に帰属いたします。
・二重投稿は、堅くお断りいたします。

ビーボーイノベルズをお買い上げいただきありがとうございます。
この本を読んでのご意見・ご感想をお待ちしております。

〒162-0825 東京都新宿区神楽坂6-46
ローベル神楽坂ビル７階
リブレ出版㈱内 編集部

BBN B●BOY NOVELS

発情

2007年4月25日 第1刷発行

著者――岩本 薫

発行者――牧 歳子

発行所――リブレ出版 株式会社
〒162-0825
東京都新宿区神楽坂6-46ローベル神楽坂ビル6F
営業 電話03(3235)7405 FAX03(3235)0342
編集 電話03(3235)0317

印刷・製本――東京書籍印刷株式会社

Printed in Japan
ISBN 978-4-86263-146-6